Amos Oz
Panther im Keller

Roman

Aus dem Hebräischen von
Vera Loos und Naomi Nir-Bleimling

Suhrkamp

Die Originalausgabe erschien 1995 unter dem Titel
panter bamartef
im Verlag Keter Publishing House, Jerusalem
Umschlagfoto: akg-images

2. Auflage 2013

Erste Auflage 2012
suhrkamp taschenbuch 4393

Druck: Druckhaus Nomos, Sinzheim
Umschlag: Göllner, Michels, Zegarzewski
Printed in Germany
ISBN 978-3-518-46393-2

Panther im Keller

Für Dean, Nadav, Alon und Ya'el

1

Viele Male in meinem Leben hat man mich Verräter genannt. Das erste Mal, als ich zwölfeinviertel Jahre alt war und in einem Stadtteil am Rand von Jerusalem wohnte. Es war in den Sommerferien, weniger als ein Jahr, bevor die britischen Machthaber das Land räumten und aus dem Krieg der Staat Israel geboren wurde.

Eines Morgens erschien in schwarzer, fetter Farbe auf der Mauer des Hauses, in dem wir wohnten, unter dem Küchenfenster eine Aufschrift: »Profus ist ein gemeiner Verräter«. Das Wort gemein ließ eine Frage aufkommen, die mich auch jetzt, da ich hier sitze und diese Geschichte niederschreibe, interessiert: Kann es sein, dass ein Verräter nicht gemein ist? Wenn nicht, warum hatte Chita Resnik (ich hatte seine Handschrift erkannt) sich dann die Mühe gemacht, das Wort gemein hinzuzufügen? Und wenn ja, wann ist ein Verrat keine gemeine Tat?

Der Spitzname Profus hing mir an, seit ich diese Eigenart entwickelt hatte. Er kam von der Abkürzung für Professor und rührte von meiner Manie her, Worte genauen Untersuchungen zu unterziehen. (Bis heute hege ich eine Vorliebe für Worte, liebe es, sie zu sammeln, zu arrangieren, zu mischen, zu drehen, zusammenzufügen. Ungefähr so, wie die Liebhaber des Geldes es mit Münzen und Scheinen tun und die Freunde des Kartenspiels mit den Spielkarten).

Vater hatte um sechs Uhr dreißig das Haus verlassen, um die Zeitung zu holen, und die Aufschrift unter dem Küchenfenster entdeckt. Beim Frühstück, als er gerade dabei war, eine Scheibe Schwarzbrot mit Himbeermarmelade zu bestreichen, steckte er jäh das Messer fast bis zum Schaft ins Marmeladenglas und sagte mit seiner gemessenen Stimme: »Sehr schön. Eine Überraschung. Was hat Seine Exzellenz denn angestellt, dass uns diese Ehre zuteil wird?«

Mutter sagte: »Quäl ihn nicht schon am frühen Morgen. Es genügt, dass die Kinder ihm zusetzen.«

Vater trug khakifarbene Kleidung wie die meisten Männer unseres Viertels in jenen Tagen. Er hatte die Gebärden und auch die Stimme eines Menschen, der vollkommen im Recht ist. Er förderte mit seinem Messer einen zähen Himbeerklumpen vom Boden des Glases, bestrich beide Hälften der Brotscheibe gleichermaßen und sagte:

»Die Wahrheit ist, heutzutage nimmt nahezu jedermann das Wort Verräter allzu leicht in den Mund. Wer ist eigentlich ein Verräter? In der Tat. Ein ehrloser Mensch. Ein Mensch, der heimtückisch, hinterhältig, für irgendeinen zweifelhaften materiellen Vorteil dem Feind behilflich ist, gegen das eigene Volk zu handeln. Oder seiner eigenen Familie und seinen Freunden Schaden zuzufügen. Schmählicher als ein Mörder. Bitte iss dein Ei auf. In der Zeitung schreiben sie, dass in Asien Menschen vor Hunger sterben.«

Mutter zog meinen Teller zu sich heran und aß das Ei und den Rest der Marmeladenschnitte, nicht aus Appetit, sondern aus Friedfertigkeit. Und sagte: »Wer liebt, ist kein Verräter.«

Dieser Satz war weder an mich noch an Vater gerichtet, sondern ihrem Blick zufolge an den Nagel, der über dem Eisschrank in der Küchenwand steckte und keinerlei Funktion erfüllte.

2

Nach dem Frühstück machten meine Eltern sich auf den Weg zur Arbeit und eilten zur Bushaltestelle. Ich blieb zu Hause und war frei. Bis zum Abend hatte ich ein Meer von Zeit, denn wir hatten Sommerferien. Als Erstes räumte ich den Tisch ab und alles, was in den Eisschrank gehörte, in den Eisschrank, was in die Schränke kam, in die Schränke, und was gespült werden musste, in den Spülstein, denn ich genoss es, den Tag über aller Verpflichtungen entledigt zu sein. Das Geschirr wusch ich ab und stellte es verkehrt herum in den Ablauf. Dann ging ich von Zimmer zu Zimmer und schloss Läden und Fenster, um mir bis zum Abend eine Höhle zu schaffen. Sonne und Wüstenstaub konnten Vaters Büchern, die die Wände bedeckten und unter denen sich seltene Exemplare befanden, schaden. Ich las die Morgenzeitung und ließ sie sorgfältig gefaltet auf der Ecke des Küchentischs liegen, Mutters Brosche legte ich zurück in ihre Schublade. All dies verrichtete ich nicht wie ein Verräter, der für seine Niedertracht Buße tat, sondern aus Liebe zur Ordnung. Bis heute habe ich die Gewohnheit, jeden Morgen und jeden Abend eine Runde durch das Haus zu machen und jeden Gegenstand an seinen Platz zu legen. Vor fünf Minuten habe ich hier etwas über das Schließen von Läden geschrieben, worauf ich meine Arbeit unterbrach, da es mir in den Sinn kam, aufzustehen und die Badezimmertür zuzumachen, die wohl lieber offen geblieben wäre: So jedenfalls klang ihr Jammern, als ich sie schloss.

Jenen ganzen Sommer über gingen Vater und Mutter um acht Uhr früh aus dem Haus und kamen um sechs Uhr abends zurück. Im Eisschrank wartete ein Mittagessen auf mich und die Tage waren frei bis zum Horizont. Man hätte zum Beispiel mit einer Hand voll Soldaten, fünf oder zehn, auf der Strohmatte ein Spielchen beginnen oder mit Pionieren, Landvermessern, Erbauern von Straßen, Errichtern von Schützengräben in aller Ruhe die Naturgewalten bezwingen und ein paar Feinde besiegen, sich dann zum Herrscher über die Weiten des Landes machen, Städte und Dörfer hochziehen und Straßen zwischen ihnen planieren können.

Vater arbeitete als Korrektor und ging ein wenig dem Lektor eines kleinen Verlags zur Hand. Nachts pflegte er, umgeben von den Schatten seiner Bücherregale – den Körper in der Dunkelheit versunken und nur das graue Haupt im Lichtkegel der Schreibtischlampe, mit geneigten Schultern, als schleppe er sich müde durch die Schlucht zwischen den sich auf seinem Pult türmenden Bücherbergen –, bis zwei oder drei Uhr morgens dazusitzen und Karteikärtchen oder Merkzettel mit Notizen zu beschriften, als Vorbereitung für sein großes Werk über die Geschichte der

Juden in Polen. Er war ein prinzipientreuer, konzentrierter Mensch, der sich hingebungsvoll der Idee der Gerechtigkeit verschrieben hatte.

Mutter hingegen liebte es bisweilen, ihr halb leeres Teeglas vor die Augen zu heben und hindurch in das blaue Licht im Fenster zu schauen. Manchmal brachte sie das Glas an ihre Wange, als schöpfe sie aus dieser Berührung Wärme. Sie war Lehrerin und Betreuerin in einem Heim für neu eingewanderte Waisen, denen es gelungen war, sich in Klöstern oder abgeschiedenen Dörfern vor den Nazis versteckt zu halten, und die, nach Mutters Worten, »geradewegs aus dem finsteren Tal der Todesschatten« zu uns gekommen waren. Worauf sie sich umgehend verbesserte: »Die von Orten kommen, in denen der Mensch des Menschen Wolf ist. Sogar der Flüchtende des Flüchtenden, selbst das Kind des Kindes Wolf.« Ich fügte in meinen Gedanken die abgeschiedenen Dörfer mit den Horrorgestalten von Wolfsmenschen und der Finsternis des Tals der Todesschatten zusammen. Ich mochte die Worte finster und Tal; unverzüglich hatte ich ein in Dunkelheit gehülltes Tal vor Augen, voller Klöster und Kellergewölbe. Und der Begriff Todesschatten zog mich an, weil ich ihn nicht verstand. Wenn ich ihn flüsternd wiederholte: Todesschatten, konnte ich beinah einen tiefen, dumpfen Laut vernehmen, ähnlich dem Klang, der von der letzten Taste, der dunkelsten, des Klaviers ausgeht. Dem Laut, der eine Schleife dunkler Echos nach sich zieht: als sei ein Unglück geschehen, das nicht wieder gutzumachen war.

Ich ging zurück in die Küche. In der Zeitung stand, dass wir in einer schicksalhaften Zeit lebten und darum unsere letzten Kräfte mobil machen müssten. Und noch etwas stand dort geschrieben: dass die Schandtaten der britischen Regierung schwere Schatten würfen und das hebräische Volk aufgerufen sei, sich der ihm auferlegten Prüfung zu stellen.

Ich ging aus dem Haus, sah mich nach allen Seiten um und versuchte, wie im Untergrund üblich, zu prüfen, ob mich jemand beschattete: ein Fremder mit Sonnenbrille, hinter einer Zeitung versteckt, verborgen im Schatten des Hauseingangs zu einem der umliegenden Gebäude. Die Straße schien mir jedoch in ihre eigenen Angelegenheiten vertieft: Der Gemüsehändler war dabei, aus leeren Kisten eine Mauer zu errichten. Der Laufbursche vom Laden der Brüder Sinopski zog einen knarrenden Handwagen hinter sich her. Die einsame Alte Fanni Ostrowska fegte beharrlich das Fleckchen Gehweg vor ihrer Haustür, wohl schon zum dritten Mal an diesem Morgen. Frau Doktor Gripius, die ledige Ärztin, saß auf ihrem Balkon und füllte Karteikarten aus, Vater hatte sie ermutigt, Material zu sammeln und den Versuch zu unternehmen, Erinnerungen an das jüdische Leben in ihrer Heimatstadt Rosenheim festzuhalten. Der Ölhändler kam langsam mit seiner Droschke vorbei, die Zügel schläfrig auf den Knien, und bimmelte mit einer Handglocke, während er seinem Pferd eine Art jiddischen Sehnsuchtsgesang vortrug. Und ich stand da und studierte abermals, aufs Gründlichste, die schwarze Aufschrift »Profus ist ein gemeiner Verräter«. Vielleicht gab es irgendein winziges Detail, das die Sache in neuem Licht erscheinen ließe. Vor Hast oder Angst war der letzte Buchstabe des Wortes boged, Verräter, beinah zu einem r geraten, so dass man in mir keinen gemeinen Verräter, boged, sondern einen gemeinen Erwachsenen, boger, sehen konnte. An jenem Morgen hätte ich alles, was ich besaß, darum gegeben, ein Erwachsener zu sein.

Folglich war es Chita Resnik wie in »Bileams Geschichte« ergangen.

Serubbabel Gichon, unser Lehrer in Bibelkunde und Judentum, hatte uns im Unterricht erklärt: »Bileams Geschichte ist die: Er hatte die Absicht, einen Fluch zu sprechen, der ihm zu einem Segen geraten ist. Wie der britische, feindlich gesinnte Minister Ernest Bevin, der im Londoner Parlament geäußert hat, die Juden seien ein verbissenes Volk. Dem ist auch Bileams Geschichte passiert.«

Herr Gichon hatte die Angewohnheit, seinen Unterricht mit Scherzen zu würzen, über die niemand lachen konnte. Oft musste, wenn er zur allgemeinen Belustigung beitragen wollte, seine Frau herhalten. So auch, als er uns den Satz aus dem Buch der Könige erklären wollte: »›Mein Vater hat euch mit Peitschen gezüchtigt, ich will euch mit Skorpionen züchtigen.‹ Peitschen und Skorpione. Skorpione sind hundert Mal schlimmer. Ich quäle euch mit Peitschen und werde von meiner Gnädigsten mit Skorpionen gezüchtigt.« Oder: »Nehmen wir den Satz ›denn wie das Krachen der Dornen unter den Töpfen, so ist das Lachen der Toren‹. Der Prediger Salomo 7. Man stelle sich Frau Gichon vor, wenn sie ein Lied anstimmt.«

Einmal sagte ich beim Abendessen: »Es vergeht kaum ein Tag, an dem Gichon seine Frau nicht vor der Klasse betrügt.«

Vater sah Mutter an und sagte: »Dein Sohn ist zweifellos nicht ganz bei Trost.« (Vater liebte die Formulierung zweifellos und auch die Worte buchstäblich, wahrhaftig und durchaus.)

Mutter sagte: »Warum versuchst du nicht herauszubekommen, was er uns sagen will, statt ihn zu beleidigen? Nie hörst du ihm richtig zu. Auch mir nicht oder sonst jemandem. Höchstens den Nachrichten im Radio.«

»Alles«, sagte Vater langsam und bedächtig, da es seiner grundsätzlichen Art entsprach, sich nicht in einen Streit verwickeln zu lassen, »alles auf der Welt hat mindestens zwei Seiten, wie jedermann weiß, abgesehen von irgendwelchen fiebrigen Gemütern.«

Ich wusste nicht, was fiebrige Gemüter waren, aber ich verstand, dass dies wohl kaum der rechte Augenblick war, nachzufragen. Also ließ ich die beiden sich nahezu einen ganzen Moment lang anschweigen, sie brachten bisweilen ein Schweigen zuwege, das gewisse Ähnlichkeiten mit Ellenbogendrücken aufwies.

Erst dann sagte ich: »Außer einem Schatten.«

Vater, die Brille auf der Nasenspitze und von oben nach unten mit dem Kopf nickend, warf mir einen schrägen, argwöhnischen Blick zu, einen von denen, die sagen wollten, was wir bereits im Bibelunterricht durchgenommen hatten, nämlich dass er gehofft hatte, sein Weinberg brächte gute Trauben, es aber schlechte gewesen seien. Und über die Brillenränder hinweg blickten mich seine blauen Augen an, bloßgelegt, von mir und der ganzen Jugend enttäuscht und auch vom Erziehungswesen, dem er einen Schmetterling anvertraut und das ihm eine Motte zurückgegeben hatte.

»Was redest du da? Wo siehst du einen Schatten?«

Mutter sagte: »Statt ihn zum Schweigen zu bringen, solltest du lieber versuchen herauszufinden, was er sagen will. Schließlich will er uns etwas mitteilen.«

Und Vater: »Na schön. Durchaus. Nun, worüber hat der Verehrteste heute Abend bitte schön die Güte, eine Meinung zu haben? Über welchen mysteriösen Schatten wünscht er sich diesmal auszulassen? Über die Schatten der Berge, die für Berge gehalten werden? Oder über den Schatten, nach dem der Knecht sich sehnt?«

Ich stand auf, um zu Bett zu gehen. Er hatte keine Erklärung aus meinem Munde verdient. Gleichwohl ließ ich Gnade vor Recht ergehen und sagte:

»Außer Schatten, Vater. Du hast gerade gesagt, dass jede Sache auf der Welt mindestens zwei Seiten hat. Du hattest nur fast Recht. Du hast vergessen, dass ein Schatten zum Beispiel immer nur eine Seite hat. Geh und sieh nach, wenn du mir nicht glaubst. Vielleicht machst du sogar ein, zwei Experimente. Schließlich hast du selbst mir beigebracht, dass es keine Regel ohne Ausnahme gibt und dass man Verallgemeinerungen zweifellos vermeiden sollte. Du weißt schon nicht mehr, was du mir beigebracht hast.«

Das waren meine Worte. Ich trug das Geschirr zum Spülstein und ging auf mein Zimmer.

3

Ich saß auf Vaters Stuhl an seinem Schreibpult, zog das große Wörterbuch und die Enzyklopädie aus dem Regal und begann, wie ich es von ihm gelernt hatte, auf einem leeren Kärtchen eine Wortliste anzulegen:

Verräter. Denunziant. Verleumder. Spion. Verschwörer. Deserteur. Fünfte Kolonne. Kollaborateur. Hochverräter. Spitzel. Doppelagent. Messer in den Rücken. Abtrünniger. Feind Israels. Religionsschänder. Seelenverkäufer. Maulwurf. Provokateur. Brutus (siehe unter Rom). Quisling (siehe unter Norwegen). Treuebrecher. Im Bereich des Ehelebens: unterhält Beziehungen zu einem Dritten. Ehebrecher. Auf Abwege Geratener oder Geratene. Metaphorisch: Ehrabschneider. Scheinheiliger. Speichellecker. Radfahrer. Januskopf. Tartüff. Judas Iskarioth (nur im christlichen Sprachgebrauch). ›Auf einen Treulosen hoffen zur Zeit der Not‹ (Die Sprüche Salomos, 25.19).

Ich klappte das Wörterbuch zu: Schwindelanfall. Die Liste, die ich auf Vaters leerem Kärtchen angelegt hatte, erschien mir wie ein undurchdringlicher Wald, in dessen Schatten sich unzählige Wege gabelten, von denen mehr und mehr Pfade abzweigten, die sich in der Dunkelheit des Dickichts verloren, sich wanden, sich trafen, sich für einen Augenblick vereinten und wiederum auseinander liefen, zu Schlupfwinkeln führten, wo es Höhlen, Farne und Labyrinthe gab, Nischen, Felsvorsprünge, entlegene Täler und Staunen und Wundern darüber, wie sich Feind, Verkäufer und Radfahrer, Agent und Messer, Speichellecker und Maulwurf, Schänder und Verführer plötzlich überschnitten? Und was bedeutete Tartüff? Was waren die düsteren Taten, die Brutus und Quisling begangen hatten? Und auch: Windung. Gabelung. Kreuzung. (Bis zum heutigen Tag darf ich während der Arbeit keine Enzyklopädien und Wörterbücher aufschlagen. Wenn ich anfange, in ihnen zu blättern, ist ein halber Tag verloren.) Es war schon nicht mehr wichtig, was ich war, ein Verräter, ein Maulheld, ein übergeschnappter Junge, denn an jenem Morgen segelte ich über die Breiten der Enzyklopädie, stieß auf meiner Reise zu den Stämmen der Wilden von Papua in Kriegsbemalung, auf seltsame Krater glühender Planeten, die in vulkanischen Höllenfeuern loderten, oder umgekehrt auf solche, die eisig waren und von ewiger Finsternis umgeben (lag dort der Todesschatten?), ich strandete auf Inseln und irrte durch ewige Sümpfe, gelangte zu Menschenfressern und asketischen Höhlenmönchen, zu dunkelhäutigen, gottverlassenen Juden aus den Tagen der Königin von Saba, las über die Kontinente, die unentwegt Jahr um Jahr einen halben Millimeter voneinander abrücken. (Wie lange konnte dies Abstandnehmen fortdauern? Zu guter Letzt würden sich die Kontinente in Milliarden von Jahren auf

Grund der Kugelform der Erde von der anderen Seite wieder annähern!) Dann suchte und fand ich Brutus und Quisling und wollte mich auch nach Judas Iskarioth umtun, aber unterwegs wurde ich von den Lichtjahren aufgehalten, die mich mit überwältigender, süßer Lust durchbohrten.

Gegen Mittag trieb mich der Hunger von den Ursprüngen des Universums in die Küche. Ich verschlang das Essen, das Mutter mir in den Eisschrank gestellt hatte, im Stehen: Graupen. Fleischklops. Suppe. Nicht vergessen, alles ein paar Minuten auf dem Petroleumkocher warm zu machen, und zum Schluss dran denken, den Kocher wieder abzudrehen. Ich machte nichts warm: schade um die Zeit. Ich beeilte mich, alles aufzuessen und zu den unsichtbaren kosmischen Nebeln zurückzukehren. Da entdeckte ich unter der Tür einen gefalteten Zettel, auf dem in Ben Hurs Schrift stand: »Nachricht für den gemeinen Verräter. Finde dich heute um sechs Uhr dreißig an dem dir bekannten Treffpunkt Tel Arsa ein, um dich unverzüglich vor dem Standgericht der Anklage des schlimmen Verrats nach Paragraph Freuntschaft mit dem britischen Feind zu stellen. Gezeichnet: FOT Organisation – Hauptquartier – Abteilung Innere Sicherheit und Ermittlungen. P. S.: Bewafne dich mit Pullover, Wasserflasche und hohem Schuhwerk, vielleicht wirst du die ganze Nacht verhört.«

Zuallererst korrigierte ich mit Bleistift: Freundschaft, nicht Freuntschaft. Bewaffne und nicht bewafne. Als Nächstes lernte ich vorschriftsmäßig den Inhalt des Zettels auswendig und verbrannte ihn in der Küche, die Asche streute ich in die Toilette und zog an der Wasserspülung, so dass keinerlei Beweismaterial blieb, für den Fall, dass die britische Mandatspolizei eine Hausdurchsuchung machte. Darauf kehrte ich zurück zum Schreibtisch und versuchte zu den Himmelskörpern und den Weiten der Lichtjahre zurückzukommen. Aber die kosmischen Nebel zerstoben und die Lichtjahre erloschen. Also konfiszierte ich ein weiteres leeres Kärtchen von Vaters kleinem Haufen und notierte: Die Lage ist kompliziert und Besorgnis erregend. Und ich schrieb: Unsere Häupter werden sich aber nicht beugen. Dann vernichtete ich das Kärtchen und stellte Wörterbuch und Lexikon zurück an ihre Plätze. Angst!

Sie unverzüglich zu überwinden war meine Pflicht.

Aber wie?

Ich beschloss, ein wenig meine Briefmarken zu sortieren: Barbados und Neu-Kaledonien waren in der Sammlung mit je einer Marke vertreten. Es gelang mir, beide Länder in dem großen deutschen Atlas aufzufinden. Nach Schokolade suchte ich ohne Erfolg. Schließlich ging ich wieder in die Küche und schleckte zwei Löffel von Vaters Himbeermarmelade.

Nichts wollte helfen. Schlecht.

4

So habe ich Jerusalem im letzten Sommer der britischen Mandatszeit in Erinnerung: eine steinerne Stadt über die Hänge der Berge verstreut. Nicht wirklich eine Stadt, eher vereinzelte Stadtteile, durch Distelfelder und Felsgestein voneinander getrennt. An den Straßenecken hier und da britische Panzerwagen, die Luken, wie vom Licht geblendete Augen, fast gänzlich geschlossen. Maschinengewehre ragten aus den Stirnseiten der Panzerwagen wie Finger, die sagen wollten: du.

Früh am Morgen schwärmten junge Burschen aus, um Plakate der Untergrundbewegung an Mauern und Strommasten zu kleben. In unserem Hof diskutierten an Samstagnachmittagen unsere Gäste, begleitet von Konvois dampfender Teegläser und Kekse, die Mutter zu backen pflegte (wobei ich ihr durch das Aufdrücken von Stern- und Blumenformen in die weiche Teigfläche zur Hand ging). Bei diesen Debatten benutzten Besucher und Eltern Worte wie Verfolgung, Vernichtung, Erlösung, Mandatspolizei, Vermächtnis, illegale Einwanderer, Belagerung, Demonstrationen, Hadsch Amin, Extremisten, Kibbuzim, White-Paper-Politik, Verteidigung, Zurückhaltung, Besiedlung, Horden, Weltgewissen, Pogrome, Proteste und wieder illegale Einwanderer. Manchmal kam es vor, dass einer der Gäste sich ereiferte, mitunter war es gerade einer der Schweigsamen – ein hagerer, blassgesichtiger Mann, zwischen seinen Fingern zitterte eine Zigarette und an seinem Hemd, das bis zum Hals zugeknöpft war, steckten die Taschen voller Notizblöcke und Zettel. Plötzlich brauste er auf, schrie Ausdrücke wie Lämmer zur Schlachtbank und Schutzjuden in höflichem Zorn und fügte sogleich, als wolle er den schlechten Eindruck ein bisschen zurechtbiegen, eilfertig hinzu, man dürfe sich dennoch, Gott behüte, auf gar keinen Fall spalten, da man in ein und demselben Boot sitze.

In dem verlassenen Trockenspeicher auf dem Dach unseres Wohnblocks wurden ein Waschbecken und eine Glühbirne installiert: Dort zog Herr Lazarus aus der Stadt Berlin ein, seines Zeichens Herrenschneider, ein kleinwüchsiger, augenzwinkernder, nickender Herr, der der sommerlichen Hitze zum Trotz stets ein gräuliches Jackett und darunter obendrein eine Art eng anliegende, geknöpfte ärmellose Variante trug. Um seinen Hals hing, wie eine Kette, immerzu ein grünes Metermaß. Hitler, so erzählte man sich, hatte seine Frau und seine Töchter ermordet. Wie war eigentlich Herrn Lazarus die Rettung gelungen? Man tuschelte darüber. Erzählte sich dies und das. Zweifelte. Und ich wurde argwöhnisch: Was wussten sie denn? Schließlich hatte Herr Lazarus niemals ein Wort über das, was geschehen war, verloren. Er hatte im Treppenhaus ein Pappschild aufgehängt, auf dem halb in Deutsch, das ich nicht verstand, halb auf Hebräisch, das aufzuschreiben er meine Mutter gebeten hatte, stand: »Schneidermeister, Zuschneider und Näher aus Berlin nimmt Bestellungen aller Art an zum Nähen und Ausbessern nach der allerneusten Mode. Günstige Preise, auch Kredit möglich.« Nach ein, zwei Tagen riss jemand die deutsche Hälfte des Schildes ab, denn die Sprache der Mörder ertrug man hierzulande nicht.

Vater kramte aus seinem hintersten Schrank eine abgetragene Winterjacke hervor und schickte mich damit aufs Dach, Herr Lazarus solle so gut sein, die Knöpfe auszuwechseln und die Innennähte zu verstärken. »In der Tat, sie ist fast schon ein Lumpen und es ist fraglich, ob sie überhaupt noch von Nutzen sein kann«, sagte Vater, »aber er hat da oben anscheinend nicht einmal das liebe Brot und ein Almosen hat immer etwas von einer Beleidigung. Dann werden wir sie ihm eben schicken. Damit er die Knöpfe wechselt. Damit er bei uns ein paar Groschen verdient. Damit er fühlt, dass er hier etwas wert ist.«

Mutter sagte: »Na schön. Neue Knöpfe. Aber warum das Kind schicken? Geh selber nach oben, plaudere ein wenig und lad ihn zu uns ein auf ein Glas Tee.«

»Zweifellos«, sagte Vater verlegen, und nach einer Weile fügte er mit Bestimmtheit hinzu: »In der Tat. Zweifellos werden wir ihn einladen.«

Herr Lazarus hatte die hinterste Ecke des Dachs mit alten Eisenteilen von Sprungkästen abgetrennt, die er mit Drähten zusammenfügte, und so eine Art vergitterten Verschlag oder Käfig gebaut, dann hatte er Stroh aus einer ausgedienten Matratze hineingestreut, sechs Hennen hergebracht und Mutter gebeten, auf der verbliebenen Hälfte des Schildes zu ergänzen: »Und frische Eier zu verkaufen.« Aber niemals, nicht einmal vor den Feiertagen, war er bereit, ein Huhn zum Schlachten zu veräußern. Im Gegenteil: Man munkelte, Herr Lazarus habe jeder Henne einen Namen gegeben und nachts stehe er auf und trete auf das Dach hinaus, um nachzusehen, ob die Hühner friedlich schliefen. Einmal hatten wir, ich und Chita Resnik, uns zwischen die Wasserbehälter geschmuggelt und zugehört, wie Herr Lazarus mit dem Federvieh Streitgespräche führte. Auf Deutsch. Er hatte geklagt, gefleht, erklärt und gar ein Lied zum Besten gegeben. Ab und zu stieg ich hoch aufs Dach und brachte trockene Brotkanten oder einen Teller mit schlechten Schwarzen, die Mutter mich aus den Hülsen zu lesen geheißen hatte. Während ich die Hühner fütterte, war es ein, zwei Mal geschehen, dass Herr Lazarus sich zu mir gesellte und unvermittelt meine Schulter mit den Fingerspitzen berührte, die er eilends wieder zurückzog und schüttelte, als habe er sich eine Brandwunde zugezogen. Bei uns sprachen viele Menschen mit der Luft. Oder zu jemandem, der nicht vorhanden war.

Auf dem Dach, hinter dem Hühnerstall von Herrn Lazarus, hatte ich mir einen Beobachtungsposten eingerichtet, von dem aus ich ausgezeichnete Kontrolle über das Dächerrevier hatte und sogar Einblick in das

Lager der britischen Armee. Dort stand ich, zwischen den Wasserspeichern versteckt, und belauschte ihren Abendappell, machte Vermerke in ein Notizbuch, peilte die Soldaten mit einem Scharfschützengewehr an und vernichtete sie auf einen Schlag mit einer sparsamen, präzisen Salve.

Auf meinen Dachposten blickten aus der Ferne auch einige über die Hänge verstreute arabische Dörfer, der Skopus- und der Ölberg, hinter deren Gipfeln plötzlich die Wüste begann. Und in weiter Ferne, in südöstlicher Richtung, verbarg sich der Berg des bösen Rates, über dem der Palast des britischen Hochkommissars prangte. In jenem Sommer war ich mit der Ausfeilung letzter Einzelheiten für den Plan zum Sturmangriff auf diesen Palast befasst, der aus drei Himmelsrichtungen erfolgen sollte, und ich bereitete die Kurzfassung einer Erklärung vor, die ich dem Hochkommissar unversehens abgeben würde, nachdem er gefangen genommen und zu einem Verhör zu mir hier auf den Dachposten gebracht worden wäre.

Einmal hatte ich von meiner Stellung aus das Fenster von Ben Hur observiert, weil ich die Befürchtung hegte, er werde beschattet, da erschien anstelle Ben Hurs seine große Schwester Jardena in der Fensteröffnung. Sie stand in der Mitte des Zimmers und beschrieb auf Zehenspitzen zwei kokette Kreise um die eigene Achse wie eine Ballerina, als sie plötzlich im nächsten Augenblick den Knoten ihres Morgenrocks löste, ihn auszog, ein Kleid überstreifte und den Reißverschluss zuzog. Zwischen dem Zeitpunkt des Morgenrocks und dem des Kleids leuchteten für einen kurzen Augenblick auf ihrer weißen Haut ein paar dunkle Inseln in den Schatten ihrer Arme und eine, Schwindel erregend, auf ihrem Bauch, die jedoch sofort von dem Kleid verschlungen wurden, das wie ein Vorhang von ihrem Hals auf ihre Knie fiel, noch ehe ich Gelegenheit hatte, zu sehen, was sich meinen Augen bot, oder mich von meinem Posten zurückzuziehen oder wenigstens die Augen zu schließen. Denn die hätte ich zweifellos zugemacht, aber alles ereignete sich in einem einzigen Augenblick und war blitzschnell vorüber. Auf der Stelle dachte ich: Ich sterbe. Denn dafür hatte ich den Tod verdient.

Jardena hatte einen Bräutigam, und es existierte ein Ex-Verlobter, und darüber hinaus, so hieß es, waren da noch ein Jäger aus Galiläa und ein Dichter vom Skopus-Berg und auch der schüchterne Verehrer, der sie nur wehmütig ansah und es nie wagte, das Wort an sie zu richten, abgesehen von »Guten Morgen« und »Sieh nur, was für ein wunderschöner Tag«. Im Winter hatte ich Jardena zwei Gedichte zu lesen gegeben, und ein paar Tage später hatte sie gemeint: »Du wirst vielleicht noch so manches zu Papier bringen.« Diese Worte bedeuteten mir mehr als der größte Teil derer, die nach Jahren geäußert wurden, als ich tatsächlich zu schreiben begonnen hatte.

An jenem Abend beschloss ich, mir ein Herz zu fassen und zu ihr zu gehen oder zumindest meinen Mut zusammenzunehmen und ihr einen Brief zu schreiben, um Vergebung zu bitten, zu erklären, dass ich nicht die Absicht gehabt hätte, sie zu beobachten, und dass ich wahrhaftig nichts gesehen hatte. Aber ich ließ es sein, denn ich wusste nicht, ob Jardena mich, während ich gegenüber auf dem Dach stand, überhaupt bemerkt hatte. Vielleicht hatte sie mich gar nicht wahrgenommen? Ich betete, dass nein, und hoffte, dass doch.

Alle Stadtteile, Dörfer, Berge und Türme, die man von dem Beobachtungsposten aus sehen konnte, kannte ich genau: Im Laden der Brüder Sinopski, in der Schlange vor der Poliklinik, auf dem Balkon der Familie Dorzion von vis-à-vis, vor dem Zeitungskiosk »Schibolet«, überall führten die Menschen im Stehen unermüdliche Debatten über die Grenzen des hebräischen Staates, der nach dem Sieg gegründet würde: mit oder ohne Einbeziehung Jerusalems? Mit dem oder ohne den britischen Marinestützpunkt in Haifa? Mit oder ohne Galiläa? Und was war mit der Wüste? Es gab Leute, die hofften, anstelle der Briten würden die Armeen der aufgeklärten Welt einrücken und uns vor der Gefahr, von blutrünstigen Arabern geschlachtet zu werden, beschützen. (Jedes Land, jedes Volk hatte bei uns ein festes Attribut, einem Eigennamen vergleichbar: England – das perfide Albion, das beschmutzte Deutschland, das ferne China, das sowjetische Russland und das wohlhabende Amerika. An der Küste lag das geschäftige Tel Aviv. Weit von uns, in Galiläa, in den Tälern, lag das Erez Israel der Pioniere. Die Araber waren die Blutrünstigen. Für die Welt im Allgemeinen gab es verschiedene Beschreibungen, je nach Stimmung und Lage: die aufgeklärte, die freie, die große, die scheinheilige. Häufig hieß es: die Welt, die gewusst und geschwiegen hat. Mitunter war zu hören: Darüber wird die Welt nicht schweigen.)

Unterdessen, bis die Briten vertrieben wären und das hebräische Land endlich Gestalt annehmen würde, pflegte man Morgen für Morgen um Punkt sieben das Geschäft und den Gemüseladen aufzusperren und um sechs, ehe die nächtliche Ausgangssperre in Kraft trat, zu schließen. Die Nachbarn, Familie Dorzion, Frau Doktor Gripius, wir, Ben Hur und seine Eltern, alle versammelten wir uns gewöhnlich bei Doktor Buster, der einen Radioapparat besaß: Wortlos und finster standen wir beieinander und lauschten den Nachrichten der »Stimme Jerusalems«. Ab und zu hörten wir dort, nach Einbruch der Dunkelheit, in gedämpfter Lautstärke, die Sendungen des Untergrunds, der »Kämpfenden Stimme Zions«. Ein paar Leute blieben nach den Nachrichten, um die Sendung mit der Suche nach Verwandten zu hören, die vielleicht plötzlich eine Meldung brachte über ein Familienmitglied, das in Europa umgebracht worden und, siehe da, noch am Leben war, zu den Überlebenden zählte und das Land erreicht hatte oder zumindest eines der Internierungslager für Überlebende, die die Briten in Zypern eingerichtet hatten.

Zur Sendezeit lag Stille über dem Zimmer wie ein Vorhang, der in der Dunkelheit im Wind hing. Kaum war das Radio jedoch verstummt, fingen alle an zu reden. Ohne Unterbrechung. Was war, was würde sein, was könnte man machen, was war legal, was lohnte sich, was blieb uns noch übrig? Sie sprachen, als befürchteten sie, irgendetwas Bitteres, Böses könne eintreten, wenn plötzlich auch nur eine Minute der Lautlosigkeit herrschte. Hinter den Unterhaltungen und Gesprächen lugte ab und zu die dürre, graue, kalte Stummheit hervor, die man stets zum Schweigen brachte.

Alle lasen Zeitung und die gelesenen Exemplare tauschten sie untereinander aus: »Dawar«, »Hamaschkif«, »Hazofe« und »Ha'arez« wanderten von Hand zu Hand. Und weil die Tage damals viel länger waren als heutzutage und jede Zeitung nur aus vier Seiten bestand, ging man am Abend noch einmal durch, was man morgens bereits studiert hatte, stand in kleinen Grüppchen vor dem Laden der Brüder Sinopski und verglich das, was in der »Dawar« zur Frage unserer moralischen Kraft stand, mit dem, was »Ha'arez« zur Bedeutung der Selbstbeherrschung zu sagen hatte. Vielleicht gab es ja doch zwischen den Zeilen irgendeine schicksalhafte Kleinigkeit, die man beim ersten und zweiten Lesen übersehen hatte?

Außer Herrn Lazarus lebten noch weitere Flüchtlinge in unserem Stadtteil: aus Polen, Rumänien, Deutschland, Ungarn und Russland. Die meisten Einwohner wurden nicht Flüchtlinge und auch nicht Pioniere oder Bürger genannt, sondern der »organisierte Jeschuw«, und das war etwas in der Mitte, unter den Pionieren und über den Flüchtlingen, etwas, das Briten und Arabern frontal gegenüberstand und mit dem Rücken zu den Extremisten aus den eigenen Reihen. Aber wie konnte man sie auseinander halten? Fast alle, Pioniere, Flüchtlinge und Extremisten, rollten das R und sprachen das L feucht aus, bis auf die orientalischen Juden, die das R gurgelten und deren Ch und A kehlig klangen. Unsere Eltern hofften, dass wir Kinder zu gänzlich neuen Juden heranwüchsen, vollkommen, breitschultrig – Kämpfer und Landarbeiter. Darum stopften sie uns mit Hühnerleber und Früchten voll, damit wir uns, wenn der Tag käme, braun gebrannt und entschlossen dem Feind stellten und dieses Mal nicht zuließen, dass er uns wie Lämmer zur Schlachtbank führte. Hin und wieder kam es vor, dass sie von Sehnsucht gepackt wurden nach den Orten, aus denen sie nach Jerusalem gekommen waren, dann sangen sie Lieder in Sprachen, die wir nicht verstanden und die sie uns so gut es ging übersetzten, damit auch wir wussten, dass es einmal einen Fluss und eine Wiese gegeben hatte, Wälder und Weiden, schräge Strohdächer und Glockengeläut im Nebel. Denn bei uns in Jerusalem lagen die leeren Grundstücke brach und dörrten den Sommer über in der Sonne, die Häuser waren aus Stein und Blech, und die Sonne versengte alles, als ob der Krieg bereits da wäre. Vom Morgen bis zum Abend wütete das Licht und verzehrte sich selbst.

Manchmal stellte jemand die Frage: »Was wird werden?« Und ein anderer antwortete: »Man muss auf das Gute hoffen.« Oder: »Wir dürfen nicht aufgeben.« Mutter beugte sich hin und wieder fünf oder zehn Minuten lang über eine Schachtel mit Fotos und kleinen Erinnerungsstücken und ich wusste längst, dass ich so tun musste, als bemerkte ich es nicht. Hitler hatte in dem Land Ukraine Mutters Eltern und ihre Schwester Tanja, zusammen mit allen anderen Juden, denen es nicht gelungen war, rechtzeitig hierher zu kommen, ermordet.

Vater hatte einmal gesagt: »Der Verstand begreift es nicht. Das Herz weigert sich, es zu glauben. Und die ganze Welt hat geschwiegen.«

Auch er trauerte manchmal um seine Eltern und seine Schwestern, jedoch nicht mit Tränen, sondern so: Er verharrte etwa eine halbe Stunde lang in verbitterter Stellung, ein wenig eckig, in der Körperhaltung eines aufrechten, sturen Menschen, und studierte die Landkarten, die er im Flur an die Wände gehängt hatte. Wie ein Befehlshaber in der Kommandozentrale: stand da, schaute und schwieg. Seiner Meinung nach mussten wir den britischen Besatzer verjagen und hier ein hebräisches Land errichten, in dem sich die verfolgten Juden aus aller Welt versammeln konnten. Und dieses Land, sagte er, musste wahrhaftig allen Nationen zum Vorbild für Gerechtigkeit werden: Ja, selbst in Hinblick auf die Araber, falls sie sich dafür entscheiden, hier zu bleiben und unter uns zu leben. Ja, trotz allem, was die Araber uns durch die Schuld von Kesseltreibern und Unruhestiftern antun, werden wir ihnen mit buchstäblicher Großzügigkeit begegnen, aber zweifellos nicht aus einem Gefühl der Schwäche: Wenn erst der freie hebräische Staat gegründet ist, wird kein Schurke der Welt es mehr wagen, Juden zu ermorden oder zu demütigen. Denjenigen, der sich dennoch erdreistet, werden wir bezwingen, denn wenn der Tag gekommen sein wird, werden wir einen sehr langen Arm haben.

Als ich in der vierten oder fünften Klasse war, kopierte ich behutsam, mit Bleistift, die Weltkarte aus Vaters Atlas auf ein dünnes, halb durchsichtiges Papier, und auf der Kopie zeichnete ich das hebräische Land ein, das Vater verheißen hatte: einen grünen Fleck zwischen Wüste und Meer. Von diesem Fleck aus zog ich einen langen Arm über Kontinente und Meere und an das Ende des Arms malte ich eine Faust, die überall hinreichte. Bis nach Alaska. Bis hinter Neuseeland.

»Aber was haben wir denn getan«, fragte ich einmal beim Abendessen, »dass uns alle hassen?«

Mutter sagte: »Es ist, weil wir immer die rechtschaffene Seite waren. Man verzeiht uns nicht, dass wir seit dem Altertum nicht mal einer Fliege etwas zuleide getan haben.«

Ich dachte nach und sagte nichts. Was sie sagte, bewies, dass es sich zweifellos nicht auszahlte, die rechtschaffene Seite zu sein.

Und: Es erklärte Ben Hurs Verhalten. Auch ich war rechtschaffen und auch ich tat keiner Fliege etwas zuleide. Aber nun würde das Zeitalter des Panthers anbrechen.

Vater sagte: »Das ist eine bittere, düstere Geschichte. In Polen, beispielsweise, wurden wir gehasst, weil wir anders waren, fremd und bizarr, unsere Sprache und unsere Art, uns zu kleiden und zu essen, standen zur restlichen Umgebung buchstäblich im Gegensatz. Und siehe da, zwanzig Kilometer weiter, jenseits der Grenze, in Deutschland, hasste man uns gerade aus dem umgekehrten Grund: In Deutschland sprachen und aßen wir wie sie, zogen uns an wie sie und benahmen uns genauso wie sie. Und die Hasser sagten: Seht nur, wie sie sich unter uns mischen. In der Tat, man kann kaum noch unterscheiden, wer Jud ist und wer nicht. Das ist unser Los: Die Vorwände für den Hass ändern sich, aber der Hass bleibt. Und was lernen wir daraus?«

»Dass wir versuchen müssen, nicht zu hassen«, sagte Mutter.

Und Vater sagte, während seine blauen Augen hinter seiner Brille hastig auf- und zugingen: »Man darf keine Schwäche zeigen. Schwach sein ist eine Sünde.«

»Aber was haben wir getan?«, fragte ich. »Womit haben wir sie verärgert?«

»Diese Frage«, sagte Vater, »geht nicht an uns, sondern an unsere Verfolger. Und nun möchte unser Hochverehrtester seine Sandalen unter dem Stuhl einsammeln und sie an ihren Platz bringen. Nicht dahin und nicht dorthin. An ihren Platz.«

In der Nacht hörten wir von weitem Schüsse, Explosionen, der Untergrund tauchte aus seinen geheimen Stützpunkten auf und bekämpfte die Zentren der britischen Herrschaft. Schon um sieben Uhr abends pflegten wir Läden und Türen zu schließen und uns bis zum Morgen in den Häusern zu verbarrikadieren. Nächtliche Ausgangssperre lag über der Stadt. Ein klarer, leerer Sommerwind wehte durch die verlassenen Straßen, durch die Gassen, über die gewundenen Steintreppen. Es kam vor, dass uns eine Mülltonne in der Nachbarschaft, die ein Straßenkater in der Dunkelheit erfolgreich umgestoßen hatte, erzittern ließ. Jerusalem hielt den Atem an und wartete. Auch in unserem Haus verliefen die meisten Abendstunden schweigsam. Vater pflegte mit dem Rücken zu uns zu sitzen. Durch den Lichtkegel seiner Lampe abgeschnitten von uns, hockte er zwischen Büchern und Karten vergraben, während sein Füllhalter durch die Stille kratzte, nachdenklich innehielt und abermals zu ächzen begann, als nage und scharre er einen Tunnel. Vater überprüfte und verglich, vielleicht galt es, irgendein unsicheres Detail in den Notizen, die er für sein großes Buch über die Geschichte der Juden Polens anlegte, hieb- und stichfest zu machen. Mutter saß in einer anderen Ecke des Zimmers in ihrem Schaukelstuhl, las oder ließ ihr Buch verkehrt herum aufgeschlagen auf ihre Knie sinken und lauschte mit äußerster Konzentration einem Laut, der meinem Ohr verschlossen blieb. Ich las gewöhnlich auf der Strohmatte zu ihren Füßen die Zeitung zu Ende und begann auf einem Blatt Papier einen Gefechtsplan zur Übernahme der Machtzentren in Jerusalem via Blitzangriff durch den Untergrund zu entwerfen. Selbst in meinen Träumen besiegte ich Feinde und noch ein paar Jahre nach jenem Sommer führte ich im Traum weiter Krieg.

Die Organisation FOT zählte damals bloß drei Kämpfer: Ben Hur, Generalstabschef und Kopf der

Sonderabteilung für Innere Sicherheit und Ermittlung. Ich war sein Stellvertreter. Chita Resnik war der gemeine Soldat und bevorzugter Anwärter für das Offizierskorps, für den Fall, dass die Organisation expandierte. Abgesehen von meiner Funktion als Stellvertreter war ich in Wahrheit auch mit der Rolle des planenden Hirns betraut: Ich hatte die Organisation zu Beginn der Sommerferien gegründet und ihr den Namen gegeben: FOT (»Freiheit oder Tod«). Ich war es, der die Idee zum Sammeln, Zurechtbiegen und zum Streuen von Nägeln in die Zubringerstraße zur Militärbasis zwecks Zerstörung der britischen Reifen entwickelt hatte. Und ich war der Verfasser der Parolen, die Chita Resnik laut Befehl in schwarzer, dicker Farbe auf die Fassaden der Häuser unseres Stadtteils schmierte: »Britischer Amalek – verschwinde aus unserem Land!«, »Mit Blut und Feuer verjagen wir den Besatzer!« und auch: »Perfides Albion – raus aus Erez Israel!« (Die Formulierung perfides Albion hatte ich von Vater.) Unser Plan für diesen Sommer bestand darin, eine geheime Rakete fertig zu stellen: In einem verlassenen Schuppen am Rand des Wadis, hinter Chitas Hof, hatten wir bereits den Motor eines alten Eisschranks und Einzelteile eines Motorrads, ein paar Dutzend Meter Kabel und Draht, Batterien, Kerzen sowie sechs Nagellackfläschchen deponiert. Aus diesem Lack wollten wir das Azeton isolieren, aus dem man den Sprengstoff herstellte. Bis zum Ende des Sommers würde die Rakete fertig sein und haarscharf auf die Fassade des Buckingham-Palastes gerichtet werden, in dem König

Georg von England lebte, und dann würden wir ihm per Post ein stolzes, entschlossenes Schriftstück senden: Ihr werdet unser Land bis zum nächsten Jom Kippur verlassen! Wenn nicht, wird sich unser Tag des Gerichts in Euer Gericht verwandeln!

Was hätten uns die Briten wohl auf unseren Brief geantwortet, wenn uns noch zwei, drei Wochen geblieben wären und wir es geschafft hätten, den Bau der Rakete abzuschließen? Womöglich hätten sie es sich anders überlegt und sich aus dem Land zurückgezogen und damit sich selbst und uns nicht wenig Blutvergießen und Leid erspart. Wer weiß. Aber in der Mitte jenes Sommers wurde die geheime Verbindung, die zwischen mir und Sergeant Dunlop bestand, aufgedeckt, das Geheimnis, von dem ich gehofft hatte, es würde niemals herauskommen und niemals zu Ende gehen. Und weil man dahinter gekommen war, war die Schrift an der Wand erschienen und ich hatte Order erhalten, mich am selben Abend am Rand des Gehölzes in Tel Arsa einzufinden und mich unter der Anklage des Verrats vor einem Standgericht zu verantworten.

Die Wahrheit ist, dass ich von Anfang an wusste, dass die Verhandlung nichts ändern würde. Keine Argumente und keinerlei Rechtfertigung würden mir helfen. Wie es in allen Untergrundbewegungen auf der ganzen Welt und zu allen Zeiten gehandhabt wurde, war der, den man einen Verräter nannte, ein Verräter und damit Schluss. Vergeblich würde er sich um Rechtfertigung bemühen.

5

Ben Hur war ein Fuchs, scharf, gelb und drahtig, mit Augen, deren Farbe Khaki nahe kam. Ich mochte ihn nicht. Eigentlich waren wir keine Freunde. Es war etwas anderes, bedeutend Bindenderes als Freundschaft zwischen uns: Hätte mir Ben Hur, sagen wir, befohlen, das gesamte Tote Meer nach Obergaliläa zu verfrachten, Eimer für Eimer, ich hätte mich gefügt, allein um nach getaner Arbeit vielleicht die Chance zu haben, aus seinem Mundwinkel, in seiner trägen Stimme zu hören: »Du bist ganz in Ordnung, Profus.« Ben Hur gebrauchte Worte, als ziele er mit Kieselsteinen auf das Glas einer Straßenlaterne. Er sprach fast ohne die Zähne auseinander zu schieben, als ob die Mühe sich einfach nicht lohne. Zuweilen sprach er das P von Profus mit einer gewissen Verachtung aus, mit einer leichten Entladung.

Ben Hurs Schwester, Jardena, spielte Klarinette. Sie hatte mir einmal eine Wunde am Knie gesäubert und verbunden und ich hatte bedauert, dass mein zweites Knie keine Verletzung davongetragen hatte. Als ich ihr dankte, brach sie in ihr klirrendes Lachen aus und wandte sich an das nicht vorhandene Publikum im Raum: Seht her, ein Muschelkind. Ich wusste nicht, was sie mit Muschelkind meinte, gleichwohl hegte ich keinerlei Zweifel, dass ich es einmal wissen würde, und wenn es so weit war, würde sich herausstellen, dass ich es immer schon gewusst hatte. Dies ist eine komplizierte Angelegenheit und ich muss versuchen, sie auf anschaulichere Weise darzustellen. Vielleicht so: Es gibt etwas wie den Schatten eines Wissens, der einen mitunter lange vor dem Wissen selbst erreicht. Und gerade wegen dieses Wissensschattens hatte ich an jenem Abend, auf dem Dach, als es irrtümlich dazu gekommen war, dass ich sie zwischen zwei Kleidungsstücken sah, das Gefühl, ein gemeiner, niederträchtiger Verräter zu sein, und was ich beinahe nicht gesehen hatte, kehrte viele Male zu mir zurück: Wieder und wieder sah ich es. Vor lauter Scham spürte ich jedes Mal ein Frösteln wie von Kreide, die über eine Tafel kreischt, oder den bitteren Geschmack von Seife zwischen den Zähnen: jenen Geschmack eben, den der Verräter im Augenblick des Verrats oder kurz darauf kostet. Ich wollte ihr einen Brief schreiben, erklären, dass ich zweifellos keinerlei Spickgedanken gehegt hatte, ich wollte sie um Verzeihung bitten. Aber wie sollte ich es anstellen? Vor allem, da es mir seit damals, wenn ich mich zu meinem Posten auf dem Dach begab, unmöglich war, nicht daran zu denken, dass sich dort das Fenster befand, auf der anderen Seite, und dass ich nicht in Richtung dieses Fensters schauen durfte, nicht einmal zufällig, nicht einmal gegen meinen Willen und nicht einmal dann, wenn mein kundschaftender Blick aus Richtung Nebi-Samuel-Berg unterwegs zum Skopus-Berg daran vorbeistreifte.

An mir und Ben Hur hing wie eine Klette Chita Resnik, der Junge mit den beiden Vätern. (Der erste war immer auf Reisen und der zweite verschwand aus der Wohnung ein paar Stunden, bevor der erste zurückkehrte. Wir alle verspotteten Chita, riefen Drehtür und machten noch allerlei ähnliche Witze, und Chita schloss sich gewöhnlich unseren Hänseleien an, machte sich über seine Mutter und seine beiden Väter lustig, benahm sich albern, lieferte eine Vorstellung, indem er Affen nachäffte, mit Grimassen und Schimpansengeschrei, das ihm zu einer Art Schluchzen geriet.) Chita Resnik war eine Sklavennatur: Er rannte stets los, um den Ball zu holen, der über den Zaun in den Wadi geflogen war. Schleppte die Berge von Ausrüstungsmaterial, wenn wir zu einer Tibet-Expedition aufbrachen, um den Schneemenschen zu jagen. Zog Zündhölzer aus der Tasche, Sprungfedern, Schnürsenkel, Korkenzieher, Taschenmesser, alles worum man bat und was jemand zufällig gebrauchen könnte. Nach den großen Panzerschlachten auf der Strohmatte war es immer Chita, der die Dominosteine in die Schachtel einsammelte und die Steine des Damespiels in den Kasten zurücklegte.

Panzerschlachten fanden bei uns so gut wie jeden Morgen statt, wenn meine Eltern zur Arbeit aufgebrochen waren. Wir pflegten ausgedehnte Manöver zu veranstalten, für den Tag, an dem die Briten das Land verlassen würden und wir eine koordinierte Invasion aller arabischen Armeen in die Flucht schlagen mussten. Vater hatte ein gesondertes Regal, das nur Büchern über die Weltkriege gewidmet war. Nach diesen Büchern und mit Hilfe der großen Landkarten, die die Wände des Flurs bedeckten, rekonstruierten wir auf der Matte die schweren Gefechte in Dünkirchen, in Stalingrad, in El Alamein, am Kursk-Bogen und in den Ardennen. Und zogen daraus lebenswichtige Schlüsse für den Krieg, den wir in Kürze hier zu erwarten hatten.

Um acht Uhr früh, wenn sich die Tür hinter Vater und Mutter schloss, räumte ich eilends die Küche auf, schloss Fenster und Läden, um Kühle und Geheimhaltung zu bewahren, und stellte nach den Ausgangspositionen für die Nachbildung eines schicksalhaften Gefechts die Figuren auf der Matte auf. Knöpfe, Streichhölzer, Domino- und Damesteine und die Schachfiguren; Fähnchen tragende Stecknadeln und bunte Fäden dienten mir zur Markierung von Grenzlinien und Fronten. Die verschiedenen Truppenkonzentrationen stellte ich in Startposition. Und wartete. Kurz vor neun klopften Ben Hur und Chita gewöhnlich an die Tür, zwei schnelle, kräftige Schläge und ein verhaltener, schwacher. Ich identifizierte sie durch den Spion und wir tauschten Losungen aus. Chita fragte von draußen: »Freiheit?« Und ich, von innen, antwortete: »Oder Tod.«

Hin und wieder, mitten im Kampfgeschehen, bestand Ben Hur auf einer Pause und führte uns in einem Stoßtrupp zum Eisschrank in der Küche. Ich liebte diese Morgenstunden, insbesondere in den seltenen

Momenten, in denen Ben Hur durch zusammengepresste Lippen »Du bist ganz in Ordnung, Profus« zischte.

Noch wusste ich nicht, dass dieser Satz nur dann irgendeine Bedeutung hat, wenn man ihn von sich selbst sagt. Und das aufrichtigen Herzens.

Schon nach etwa einem Viertel der Sommerferien hatten wir eigene Theorien, worin sich Rommel, Schukow, Montgomery und Georges Paton geirrt hatten und wie wir, wenn die Zeit dafür käme, es zu vermeiden wüssten, die gleichen Fehler zu wiederholen. Wir hängten die große Landkarte von Erez Israel und Umgebung von der Wand des Flurs ab, breiteten sie auf der Strohmatte aus, übten die Züge der Vertreibung der Briten und das Zurückstoßen aller arabischen Armeen. Ben Hur war der Heerführer und ich das planende Hirn. Übrigens, auch in diesem Augenblick, in dem ich die Geschichte niederschreibe, gibt es in meinem Haus eine Wand, die mit Landkarten gespickt ist. Hin und wieder stehe ich vor diesen Karten, setze meine Brille auf (die der runden Brille meines Vaters kein bisschen ähnelt) und verfolge den Nachrichten in Radio und Zeitungen gemäß auf der Landkarte die Bewegungen der verschiedenen Truppen im Bosnienkrieg oder im Krieg der Armenier gegen Aserbeidschan. Denn immerfort tobt irgendwo auf der Welt ein Krieg. Mitunter gewinne ich nach der Karte den Eindruck, dass eine der Armeen einen Fehler begeht – die sich ihr bietende Gelegenheit zu einem überraschenden Flankenangriff übersieht.

Mitte des Sommers plante ich die Gründung einer hebräischen See-Armada mit Zerstörern, U-Booten, Fregatten und Flugzeugträgern. Ich hatte vor, die Erfolgsaussichten eines koordinierten Überraschungsangriffs auf die britischen Marinestützpunkte im Mittelmeerraum zu prüfen: in Port Said, in Famagusta, in Malta, in Marsa Matruh, in Gibraltar. Unter gar keinen Umständen hier, in Haifa, denn gerade in Haifa war man gewiss wachsam und auf einen Schlag vorbereitet. Gab es weitere britische Basen in der Umgebung des Mittelmeers? Diese Frage wollte ich Sergeant Dunlop bei unserem nächsten Treffen im Café Orient Palace stellen. Man konnte ihn mit unschuldiger Neugier fragen – eine plausible Frage aus dem Mund eines an Geografie interessierten Schülers. Aber beim zweiten Nachdenken verwarf ich den Gedanken aus Angst, allein die Fragestellung könne schon argwöhnisch machen und damit das Überraschungsmoment gefährden, das für den Erfolg der Aktion Voraussetzung war.

Es war besser, Vater zu fragen.

Streng genommen brauchte ich gar keine Fragen zu stellen. Es war möglich, die Sache auf eigene Faust zu erkunden. Man konnte öffentlich zugängliche Informationen aus der Enzyklopädie mit den nicht weniger offen liegenden Informationen der Karten im Atlas verknüpfen. Das Kreuzen zugänglicher Quellen führt bisweilen zu wertvollen, geheimen Erkenntnissen. (Bis heute bin ich davon überzeugt. Manchmal stelle ich jemandem eine arglose Frage, zum Beispiel, welche

Landschaft er bevorzugt? Und im Lauf des Gesprächs, nicht gleich, vielleicht nach einer Viertelstunde oder einer halben, wie nebenbei, frage ich meinen Gesprächspartner, was er in seiner Kindheit einmal werden wollte. In meinem Innern verknüpfe ich beide Antworten und schon weiß ich, was ich wissen möchte.)

Zu den Seeschlachten kam es nicht und sollte es auch später nicht kommen. Stattdessen musste ich mich unter dem Vorwurf des gemeinen Verrats und der Preisgabe von Geheimnissen an den Feind einem Standgericht stellen.

Ich dachte bei mir: Man könnte selbst Robin Hood als Verräter bezeichnen. Obwohl sich nur ein Kleingeist den Aspekt des Verrats bei Robin Hood zu eigen machen würde. Aber immerhin war ein solcher Aspekt vorhanden. Tatsache.

Doch was genau war ein Verrat?

Ich saß auf Vaters Stuhl. Knipste die Schreibtischlampe an. Zog ein Quadrat aus dem Haufen der unbeschriebenen Kärtchen. Darauf schrieb ich in etwa Folgendes: Prüfen, ob es einen Zusammenhang gibt zwischen den Worten bgida, Verrat, und beged, Kleidungsstück. Vielleicht, weil das Kleidungsstück wie der Verräter etwas bedeckte und verbarg. Oder weil es in der Natur der Kleidung lag, immer wieder urplötzlich zu reißen, gerade dann, wenn man am wenigsten darauf vorbereitet war. Oder so herum: Man zog wollene Sachen an, einen Pullover, und es wurde heiß. Oder man entschied sich für leichte Kleidung und siehe da, plötzlich eine Hundskälte (aber in diesen Fällen war weniger das Kleidungsstück als solches der Verräter, sondern das Wetter). Im Bibelunterricht bei Serubbabel Gichon hatten wir einen Satz aus dem Buch Hiob durchgenommen: ›Meine Brüder trügen wie ein Bach, wie das Bett der Bäche, die versickern.‹ Nicht die friedlichen Gewässer wie die im Land Ukraine, von dem Mutter träumend erzählte, sondern die Bäche hier im Land waren die trügerischen: Just in der größten Sommerhitze, wenn einen der Durst plagte, wurden sie zu Verrätern: Statt Wasser führten sie glühende Kieselsteine. Und wenn man im Winter durch ein ausgetrocknetes Flussbett marschierte, rollte aus heiterem Himmel eine verräterische Flutwelle heran. Jeremia, der Prophet, klagte, das Haus Israel habe den Herrn verraten. Zum Schluss nannte man ihn selbst einen Verräter, stellte auch ihn vor Gericht, fällte das Urteil über ihn und warf ihn ins Loch.

Während das Wort gemein, so schrieb ich auf ein weiteres Kärtchen, auch hinterhältig, verabscheuenswert und unanständig bedeutete. Einer, auf den man herabblicken kann. Und auch: normal, einfach und gewöhnlich. Das Gegenteil von gewöhnlich war außergewöhnlich, besonders Ben Hur Tikujinski hielt sich für etwas Besonderes und war gemein. (Und ich? Der ich nicht den Mut besaß, Jardena einen Brief zu schreiben und sie um Vergebung für mein Spicken zu bitten?) Ich musste Sergeant Dunlop fragen, was gemeiner Verräter auf Englisch hieß und ob es auch im Englischen einen Zusammenhang zwischen Verrat und Kleidungsstück, Gemeinheit und Gewöhnlichkeit gab?

Würde ich ihn wieder sehen?

Während ich mir diese Frage stellte, begann ich bereits, ihn zu vermissen. Natürlich hatte ich keine Minute vergessen, dass er zum feindlichen Lager gehörte, zwar kein persönlicher Feind war, aber einer, zu dem ich eine persönliche Beziehung unterhielt.

Nun lässt es sich nicht länger hinauszögern. Ich werde von Sergeant Dunlop erzählen und darüber, welcher Natur die Beziehung war, die zwischen uns bestand. Wenngleich ich auch davor zurückschrecke.

6

Drei-, viermal die Woche trafen wir uns heimlich im Hinterzimmer des Café Orient Palace, was Palast des Morgenlandes bedeutet. Dieser Palast des Orients war allenfalls eine baufällige Baracke in einer engen Gasse westlich des Militärstützpunktes, die samt und sonders von den Kletterranken einer Passionsfrucht-Pflanze – wie im Urwald – überwuchert war. Im vorderen Schankraum stand ein mit grünem Filz bespannter Billardtisch, um den sich fortwährend eine verschwitzte Horde englischer Soldaten und Polizisten und eine Hand voll Jerusalemer Jünglinge mit gebügelten Hemden und Krawatten scharte, Juden, Araber, Griechen und Armenier mit vergoldeten Ringen, öligen Haartollen und zwei, drei auf Parfümwolken schwebende junge Damen. In diesem Raum hielt ich mich niemals auf: Ich vergaß zu keinem Zeitpunkt, dass ich im Dienst war. Niemals schaute ich zu der Kellnerin hin, wenn ich an der Theke vorbeikam. Jeder, der mit ihr sprach, trachtete danach, ihr ein Lachen zu entringen, und diese Absicht war fast immer von Erfolg gekrönt. Jedes Mal, wenn sie ein Glas schäumendes Bier an den Rand des Tresens schob, lehnte sie sich nach vorn, als ob sie sich tief verbeugen wollte, dabei klaffte ein tiefer Spalt am oberen Rand ihres Kleides auf. Es mag Menschen geben, denen es vielleicht schwer gefallen wäre wegzugucken, ich jedoch würdigte sie keines Blickes.

Ich überquerte diesen vorderen, von Gelächter und Rauch durchdrungenen Raum und ging schnurgerade auf das Hinterzimmer zu, das ungestörter war und in dem nur vier, fünf Tische mit blumengemusterten Wachstüchern standen sowie das Bild eines zerstörten griechischen Tempels hing. Dort saßen ab und zu ein paar junge Männer und spielten Backgammon, hin und wieder auch ein Pärchen oder zwei, Mann und Frau dicht beieinander, aber anders als im vorderen Raum verkehrten die Menschen hier flüsternd miteinander. Auch diese Paare sah ich niemals an. Sergeant Dunlop und ich saßen eine oder eineinhalb Stunden an dem Ecktisch, eine aufgeschlagene Bibel, ein Taschenwörterbuch und englische Fibeln für Anfänger vor uns. Jetzt, da bereits fünfundvierzig Jahre vergangen sind, Großbritannien kein Feind mehr ist und das hebräische Land seit langem existiert, nun da Ben Hur Tikujinski sich Herr Benni Takin nennt und Besitzer einer Hotelkette ist, Chita Resnik sein Brot mit der Installation von Wasserspeichern verdient und ich immer noch den Worten nachjage und die Dinge an ihre Plätze lege, gebe ich zu Papier: Ich habe Steven Dunlop keine Geheimnisse verraten. Nicht mal ein kleines. Nicht einmal meinen Namen habe ich ihm genannt. Bis zum Schluss. Alles in allem haben wir nur in der hebräischen Bibel gelesen, und ich habe ihm neue

Vokabeln beigebracht, die nicht in der Bibel standen, während er mir, im Gegenzug, dabei behilflich war, erste englische Sprachkenntnisse zu erwerben. Er war ein schüchterner Mensch und nach seinen eigenen Worten ein einsamer. (In seiner biblischen Sprache: »ohne Nachkommen«.) Er war hoch gewachsen, dickleibig, rosig und aufgeschwemmt, ein wenig geschwätzig, und er wurde oft rot. Selbst seine Beine in den kurzen Hosen wirkten speckig, wiesen nicht ein einziges Haar auf und schlugen zarte Fältchen wie die Gliedmaßen eines Säuglings, bevor er zu laufen beginnt.

Aus seiner Stadt, Canterbury, hatte Sergeant Dunlop ein merkwürdiges Hebräisch mitgebracht, das er von seinem Onkel gelernt hatte, der Priester war. (Auch sein Bruder, Jeremias Dunlop, war Priester – in einer Missionsstation in Malaysia.) Es war ein weiches Hebräisch, verknorpelt, nahezu ohne Gerüst. Nach seinen eigenen Worten hatte er keine Freunde. (»Und auch keine Hasser und keine Verleumder«, fügte er hinzu, ohne dass ich ihn danach gefragt hätte.) Er diente bei der englischen Polizei in Jerusalem als Buchhalter und Kassierer. Von Zeit zu Zeit, in spannungsgeladenen Perioden, ordnete man ihn eine halbe Nacht lang ab, irgendein staatliches Gebäude zu bewachen oder an einer Straßensperre Papiere zu überprüfen. All diese Informationen fügte ich im selben Augenblick, in dem sie seinem Mund entfuhren, in meinem Hirn zusammen. Abends, zu Hause, vermerkte ich alles in einem Notizbuch, um die Kommandantur der FOT mit Material zu versorgen. Sergeant Dunlop genoss es bisweilen, allerlei Klatsch über seine Bekannten und die verantwortlichen Offiziere zu erzählen, wer von ihnen geizig war, wer geckenhaft und wer ein Schmeichler, wer sein Rasierwasser gewechselt hatte und welcher Kopf der Mandatspolizei ein besonderes Shampoo gegen Schuppen benötigte. All dies brachte ihn dazu, ein kleines Kichern von sich zu geben, für das er sich schämte und das er sich dennoch nur schwerlich verkneifen konnte: Major Bently hatte ein Silberarmband für die Sekretärin von Colonel Parker erstanden. Lady Nolen wechselte den Koch. Mrs Sherwood verließ voller Abscheu jeden Raum, den Captain Bolder betrat.

Ich nickte jedes Mal höflich und registrierte alles. Mein Sehnen schlich barfuß zu jenen Orten, auf Zehenspitzen, wie ein Bettler inmitten von Grafen und Fürsten, es verkroch sich mit vor Staunen aufgerissenen Augen in den Sälen mit den Kronleuchtern an den hohen Deckenbalken aus Mahagoni, in die Captain Bolder eintrat und sie durchschritt wie ein Mensch, der sich heimisch fühlt, während die schöne Mrs Sherwood sich zurückzog und vor ihm zu anderen Gefilden floh.

Außer der Sprache der Propheten beherrschte Sergeant Dunlop noch Latein und ein wenig Griechisch und in seiner Freizeit brachte er sich im Selbststudium Arabisch bei (»damit sich in meinem Herzen immerfort alle Söhne Noahs versammeln, Sam, Cham und Jafet, wie vor der Sintflut und dem Turmbau zu Babel.«) Cham klang bei ihm wie Ham, und ich erstickte ein Lachen, das er jedoch bemerkte und mir mit den Worten nachsah, »ich ächze, wie ich ächzen kann«. Ich konnte nicht mehr an mich halten und es entfuhr mir, dass auch mein Vater Griechisch und Latein sprach und noch weitere Sprachen beherrschte. Sogleich bereute ich es und schämte mich, denn auf gar keinen Fall durfte man ihnen auch nur die geringsten Informationen zukommen lassen: Man konnte nie wissen, was sie daraus machten. Schließlich war es auch bei den Briten möglich, dass sie eine zugängliche Information mit einer anderen kreuzten und geheime Auskünfte daraus entnahmen, die uns zum Nachteil gereichen konnten.

Ich kann nicht umhin zu schildern, wie wir uns kennen lernten, ich und Sergeant Dunlop. Wir trafen einander wie zwei Feinde, Jäger und Verfolgter, Polizist und Untergrundkämpfer.

7

Es war zu Beginn der Sommerferien, als ich einmal in den frühen Abendstunden allein hinausging, um in den Höhlen hinter dem Sanhedria-Viertel Verstecke auszumachen und zu markieren. Bei meinem Geländegang entdeckte ich, dass von einer der Höhlen eine kleine Nische abzweigte, nahezu gänzlich mit Geröll und Erde zugeschüttet. Bei oberflächlichen Grabungsarbeiten stieß ich auf vier Patronenhülsen und entschied, dass es meine Pflicht war weiterzugraben. Als sich die Dunkelheit senkte und mich aus der Tiefe der Höhle eine Kühle wie der Finger eines Toten berührte, trat ich hinaus. Die Nacht war hereingebrochen. Die Ausgangssperre hatte die Straßen bereits leer gefegt. In meiner Brust begann sich mein ängstliches Herz zu rühren, als ob es Anstalten machte, hinter sich einen kleinen Verschlag zu graben und sich in ihm zu verkriechen.

Ich beschloss, den Rückzug über den Schleichweg durch die Hinterhöfe anzutreten: Seit Beginn des Frühlings war die Organisation FOT damit beschäftigt, ein lückenloses Wegenetz durch die Hinterhöfe gangbar zu machen. Gemäß Anweisung, die ich von Ben Hur erhalten und nach detaillierter Ausarbeitung als Befehl an Chita Resnik weitergegeben hatte, war es an Chita, mit Holzbrettern, Steinen, Kisten und Seilen Pfade anzulegen, um zwischen wichtigen Standorten Transitwege zu schaffen. So konnten wir Zäune überqueren und Angriffs- und Fluchtschneisen im Dickicht der Gärten und Hinterhöfe unterhalten.

In unmittelbarer Nähe fiel plötzlich ein Schuss. Ein richtiger Schuss: schneidend, Furcht erregend, raubgierig.

Angstschweiß lötete mir das Hemd an die Haut. Und wie das Trommeln von Wilden hämmerte in meinem Kopf, in meinem Nacken mein Puls. Keuchend und verschreckt lief ich in gebeugtem Affenlauf los, kämpfte mich durch Zäune und Gestrüpp, ich zerkratzte mir die Knie, an einer Steinmauer schlug ich mir die Schulter auf, die Hosenfalte verfing sich in einem Zaun, doch ich verlor keine Zeit, sie zu befreien: Wie eine Eidechse, die auf ihren Schwanz verzichtet, zerrte ich, machte mich frei und ließ Stoff- und Hautfetzen zurück in den Krallen des Gatters.

Als ich aus Richtung Hintertreppe der Postfiliale, deren dunkle Fenster mit Gittern verrammelt waren, auftauchte und ansetzte, mit einem diagonalen Sprung die Zefanja-Straße zu überqueren, traf plötzlich ein blendendes Strahlenbündel meine Augen, dicht gefolgt von einer weichen, feuchten, kühlen, froschähnlichen Berührung. Sie stieß an meinen Rücken, befühlte mein Hemd, stieg höher und erwischte mein Haar. Ich war wie versteinert. Wie ein Hase im Bruchteil der Sekunde, in dem die Krallen des Raubtiers sich in seinen Körper bohren. Die Hand, die mein Haar umklammert hielt, war nicht schwer, sondern breit und glitschig. Eine Quallenhand. Und so wie die Hand war auch die Stimme hinter dem grellen Taschenlampenstrahl: nicht das gewohnte britische Wolfsbellen, sondern eine zähe, breiige Silbe: »Halt!« Und sofort folgte in Schulhebräisch, jedoch mit rundem, englischem Akzent: »Wohin des Wegs?«

Es war ein schwerfälliger, britischer Wachmann, ein wenig gebrechlich. Auf seinen Schultern leuchteten Metallabzeichen mit seiner Erkennungsnummer. Seine Mütze war zur Seite gerutscht. Er und ich keuchten ein hastiges Laufschnaufen, das wie kleine Schreie klang. Wie mein Gesicht war auch seines schweißgebadet. Er trug kurze Khakihosen, die ihm bis zu den Knien reichten, und khakifarbene Socken, die ebenfalls, jedoch von unten, seine Knie berührten. Zwischen dem einen Khaki und dem andern schimmerten in der Dunkelheit bleich seine Knie, die rund und teigig wirkten.

»Please, Sir«, sagte ich in der Sprache des Feindes, »please, kindly, Sir, let me go home.« (Will sagen: Bitte freundlichst, mein Herr, lassen Sie mich nach Hause gehen.)

Darauf antwortete er mir noch einmal auf Hebräisch. Wenn auch nicht in dem Hebräisch, das bei uns gebräuchlich war. Er sagte: »Der Knabe soll nicht in der Finsternis verloren gehen.«

Dann sagte er, dass er mich bis zur Haustür begleiten würde und ich ihm den Weg zeigen solle.

Eigentlich hätte ich das nicht tun dürfen, denn wir hatten Anweisung, ihre Befehle ausnahmslos zu ignorieren und somit die Zahnräder der Unterdrückungsmacht zu blockieren. Aber welche Wahl hatte ich? Seine Hand ruhte auf meiner Schulter. Bis zu jenem Abend hatte ich niemals einen Engländer berührt und kein Engländer jemals mich. In der Zeitung hatte ich viel über die britische Hand gelesen, wie zum Beispiel: »Lasst eure Hände von den wenigen Überlebenden.« Oder: »Die böse Hand, die nach unserer letzten Hoffnung greift, muss abgehackt werden.« Und auch: »Verdammt sei die Hand, die die Hände unserer Peiniger schüttelt.« Und da waren die Verse von Rachel, der Dichterin: »Meinen Weg hat eine Riesenhand gewaltsam, fest und sicher, achtlos, wie nur spielend, grausam weggefegt.«

Und hier nun, die Hand des Feindes, die auf meiner Schulter lag. Sie war weder gewaltsam noch fest, im Gegenteil, sie war wie Watte. Scham überkam mich, wie wenn ein Mädchen mich berührte. (Damals war ich der Meinung, das Berühren eines Jungen durch ein Mädchen schmälere dessen Ehre. In der Berührung eines Mädchens durch einen Jungen hingegen sah ich eine Heldentat, die sich allenfalls im Traum erfüllte. Oder im Film. Und wenn sie im Traum geschah, war es besser, nicht dran zu denken.) Ich wollte dem Briten sagen, dass er seine Hand von meinem Nacken nehmen solle, aber ich wusste nicht wie. Und wollte es auch nicht wirklich, denn die Straße war menschenleer und böse, und die Häuser, dunkel, mit geschlossenen Läden, wirkten wie gesunkene Schiffe. Die schwarze Luft war geladen mit irgendetwas Zähflüssigem, vor Heimtücke Flirrendem. Der beleibte englische Polizist leuchtete den Weg mit seiner Taschenlampe und es war, als ob der Lichtstrahl, der unseren Füßen auf dem Bürgersteig einen Weg bahnte, ein wenig vor der Arglist, die über der ausgestorbenen Stadt lag, schützte.

Er sagte: »Ich bin Steven Dunlop. Ein englischer Mann bin ich, der alles Gut in seinem Hause für die Sprache der Propheten geben würde und dessen Herz für das auserwählte Volk schlägt.«

»Thank you kindly, Sir«, antwortete ich, wie man es uns im Englischunterricht beigebracht hatte, schämte mich aber sogleich und war froh, dass niemand je davon erfahren würde. Es war mir ein bisschen peinlich, dass ich nicht daran gedacht hatte, den ersten Buchstaben von »thank you« mit der Zungenspitze zwischen den Zähnen auszusprechen, damit der besondere britische Laut, der zwischen T und S liegt, entstand. Zu meiner Schmach klang thank bei mir wie tank.

»Mein Haus steht in der Stadt Canterbury, mein Herz ist in der Heiligen Stadt, und bald werden meine Tage in Jerusalem gezählt sein, ich werde einen Hauptmann über mich setzen und wieder in mein Land ziehen, wie ich gekommen bin.«

Meinem Gewissen, meinen Prinzipien, meinem besseren Wissen zum Trotz mochte ich ihn auf einmal ein bisschen. (Musste ein britischer Polizist, der, obwohl es den Befehlen seines Königs widersprach, auf unserer Seite war, als Verräter angesehen werden?) In den drei Gedichten, die ich über die Helden König Davids verfasst und nur Jardena gezeigt hatte, hatte auch ich eine hochtrabende Sprache gewählt. Eigentlich hatte er sehr großes Glück, dieser Sergeant, dass er in dieser Nacht auf der Straße mich und nicht Ben Hur oder Chita aufgegriffen hatte: Bei ihnen hätte sein übertriebenes Hebräisch nur Spott geweckt. Dabei flüsterte mir eine innere, ernüchternde Stimme zu: Du bist besser beraten, dich vor dem Briten in Acht zu nehmen. Sei auf der Hut. Schließlich haben wir schon bei Serubbabel Gichon gelernt: »Wenn er seine Stimme holdselig macht, so glaube ihm nicht; denn es sind sieben Gräuel in seinem Herzen« und: »voll Lügen und Trügen« (was waren eigentlich Trügen?) und natürlich: »Ihre Hände sind voll Blut« und »Sie tun wie Simri und wollen belohnt werden wie Pinchas«. Und da war der wiederkehrende Ausspruch meines Vaters, der Ausspruch auf den Plakaten, die Vater in englischer Sprache für den Untergrund verfasste: »Perfides Albion«.

Ich schäme mich, es zuzugeben, aber ich werde es niederschreiben und nichts beschönigen: Es wäre ein Kinderspiel gewesen davonzulaufen. Ich hätte mich mit einem Sprung befreien und in einem der Höfe untertauchen können. Der Polizist war schwerfällig, zerstreut, erinnerte ein wenig an den Lehrer Gichon: verlegen, aber gutmütig. Selbst bei der schwachen Steigung der Zefanja-Straße atmete er schwer, keuchte und pfiff. (Später erfuhr ich, dass er an Asthma litt.) Und nicht nur weglaufen hätte ich können: Wäre ich tatsächlich ein Panther im Keller gewesen, hätte ich ihm ohne geringste Schwierigkeit seinen Revolver entwenden können, der ihm nicht an der richtigen Stelle, auf den Lenden, hing, sondern in seinem Gürtel verrutscht und auf sein Gesäß geglitten war, wo er baumelte und dem Sergeanten bei jedem Schritt einen leichten Klaps versetzte wie eine Tür, die nicht richtig geschlossen ist. Es wäre meine ausdrückliche Pflicht gewesen, den Revolver an mich zu nehmen und abzuhauen. Oder ihn zu ergreifen und auf den Briten zu richten, genau auf den Punkt in der Mitte zwischen den Augen (es schien mir, dass er auch ein wenig kurzsichtig war) und ihm auf Englisch entgegenzuschreien: »Hands up!« oder besser: »Don't move!« (Gary Cooper, Clark Gable, Humphrey Bogart, jeder von ihnen hätte allein, im Handumdrehn, fünfzig daunengefütterte Feinde wie diesen Sergeanten in die Knie gezwungen.) Aber statt ihn zu überwinden und unserem Volk einen Revolver, kostbarer als Gold, zu beschaffen, muss ich gestehen, tat es mir auf einmal ein bisschen Leid, dass der Nachhauseweg nicht etwas länger war. Und zugleich fühlte ich, dass es eine Schande war und ich mich wegen dieser Gefühle schämen musste. Und schämte mich tatsächlich.

Der Sergeant sagte mit seinem schwammigen Akzent: »Im Buche des Propheten Samuel steht geschrieben, der Knabe war aber noch jung. Fürchte kein Unheil. Ein Fremdling bin ich, der Israel lieb hat.«

Ich dachte über seine Worte nach. Und ich entschied, dass ich nicht umhin konnte, ihm aufrichtig die Wahrheit zu sagen, in meinem Namen und im Namen meines Volkes.

Und so sagte ich: »Don't angry on me please, Sir. We are enimies until you give back our land.« (Das sollte heißen: Wir sind Feinde, bis ihr aus unserem Land verschwindet.)

Und wenn er mich wegen dieser beherzten Worte verhaften würde? Macht nichts, dachte ich. Sie werden uns mit ihren Gefängnissen, Schafotten und Galgen nicht in die Knie zwingen. In Gedanken wiederholte ich die Anordnung, die Ben Hur Tikujinski uns in der Sitzung des Hauptquartiers eingetrichtert hatte – vier Methoden, ein Folterungsverhör zu überstehen, ohne zu singen.

Durch die Dunkelheit fühlte ich, wie das Lächeln von Sergeant Dunlop über mein Gesicht tastete, als wäre es die leckende Zunge eines tollpatschigen, gutmütigen Hundes:

»Bald wird Friede mit den Einwohnern Jerusalems sein. Es möge Friede sein in seinen Mauern und Glück in seinen Palästen. Kein Feind soll durch die Tore dieser Stadt schreiten und niemand soll sie schrecken. Was das englische Ächzen anbelangt, werter Knabe, so sagt man enemies und nicht enimies. Ist es dein Begehren, dass wir uns miteinander messen, damit jeder Mann die Sprache seines Bruders lernt? Wie ist dein werter Name, Knabe?«

Blitzschnell, mit klarem, kühlem Kopf, beleuchtete

ich meine Lage von allen Seiten. Von Vater hatte ich gelernt, dass ein kluger Mensch in der Stunde der Prüfung alle ihm zur Verfügung stehenden Fakten zu einem umfassenden Bild zusammensetzen, nach den Gesetzen der Logik zwischen Möglichem und Notwendigem trennen, zwischen den sich ihm bietenden Wegen mit kühlem Verstand abwägen und erst dann das geringere Übel wählen musste. (Vater benutzte häufig die Worte zweifellos, wahrhaftig, logisch und aufrichtig.) In diesem Augenblick fiel mir die Nacht ein, in der die illegalen Einwanderer an Land gebracht worden waren: wie die Helden der Untergrundbewegung die Überlebenden von dem Schiff, dessen Bug im flachen Gewässer auf Grund gelaufen war, zu den Dünen am Strand getragen hatten. Wie eine vollständige britische Brigade sie dort umringt hatte. Wie die Helden des Untergrunds ihre eigenen Ausweise vernichtet und sich mitten unter die Einwanderer gemischt hatten, damit der Brite nicht unterscheiden konnte, wer Einwohner des Landes war und wen man als illegalen Einwanderer abschieben konnte. Wie die Engländer alle mit spitzem Stacheldraht zusammenpferchten und einen nach dem andern verhörten, Name, Anschrift, Beruf, und wie alle, Einwanderer und Untergrundkämpfer, auf alle Fragen des Verhörs mit vier stolzen Worten geantwortet hatten: Jude aus Erez Israel.

Unwillkürlich entschied auch ich mich, ihnen meinen Namen nicht preiszugeben. Nicht einmal unter Folter. Und aus einer taktischen Überlegung heraus zog ich es gleichermaßen vor, so zu tun, als hätte ich die Frage nicht verstanden.

Der Sergeant wiederholte kraftlos: »Wenn du es begehrst, erquicken wir uns ab und zu im Café Orient Palace, in meinen freien Stunden verweile ich dort, aus deinem Munde werde ich Hebräisch lernen und es dir mit englischem Unterricht vergelten. Mein Name ist Herr Steven Dunlop. Und Ihrer, werter Herr?«

»Ich bin Profus.« Und entschlossen fügte ich gleich hinzu: »Jude aus Erez Israel.«

Was kümmerte es mich? Profus war nur ein Spitzname. In »Blitzschlag« mit Olivia de Havilland und Humphrey Bogart war Bogart dem Feind ins Netz gegangen. Verwundet, zerlumpt, unrasiert, mit einem aus dem Mundwinkel rinnenden Blutsfaden, stand er vor seinen Vernehmern mit einem leichten Grinsen, einem höflichen, spöttischen Lächeln. Sein kühles Benehmen drückte unterschwellig Verachtung aus, die seine niederträchtigen Häscher aber nicht erfassten. Sie waren gar nicht in der Lage, es zu verstehen.

Auch Sergeant Dunlop kapierte womöglich nicht, warum ich mich als Jude aus Erez Israel vorstellte, anstatt ihm meinen Namen zu nennen. Aber er hakte nicht nach. Seine weiche Hand glitt für einen Augenblick über den Rücken in meinen Nacken, erteilte mir zwei leichte Klopfer und kehrte zurück zu ihrer Ruhelage auf meiner Schulter. Vater legte selten seine Hand auf meine Schulter. Bei Vater hieß diese Geste: Denk nochmals nach, wäge logisch ab, und bitte, sei so gut, überleg es dir anders. Während die Hand des Sergeants mir, mehr oder weniger, zu verstehen geben wollte, dass es in dieser Dunkelheit besser war, zu zweit zu sein, trotz aller Feindschaft.

Vater sagte über die Briten: »Gemeingefährliche Okkupanten, führen sich überall auf, als seien sie die Herren der Welt.« Mutter sagte einmal: »Nichts als junge Männer, überschäumend vor Bier und Sehnsucht. Hungernd nach einer Frau und nach Freiheit.« (Ich wusste und wusste doch nicht, was es bedeutete, hungernd nach einer Frau zu sein. Ich sah darin keinen Grund, sie zu bemitleiden oder ihnen zu vergeben. Und zweifellos keinen Grund, den Frauen zu vergeben. Ganz im Gegenteil.)

Unter der Laterne in der Zefanja-Straße, Ecke Amos-Straße, hielten wir an, denn der Polizist musste Atem schöpfen. Er blieb stehen und fächelte sich mit seiner Polizistenmütze sein schweißglänzendes Gesicht. Plötzlich stülpte er besagte Mütze auf meinen Kopf, schmunzelte und setzte sie sich wieder selber auf. Für einen Augenblick ähnelte er einer Gummipuppe, die man dick und breit aufgeblasen hatte. Der Begriff gemeingefährlich passte nicht zu ihm, denn er schien weder gemein noch gefährlich. Und dennoch vergaß ich nicht, dass man auf jeden Fall einen Okkupanten in ihm sehen musste.

Er sagte: »Ich kürzte meinen Atem ein wenig.«

Sofort ergriff ich die Gelegenheit, ihm die Verbesserung von enimies zu enemies heimzuzahlen. Ich sagte auf Hebräisch: »Sie sind kurzatmig, mein Herr. Man sagt nicht, ich kürzte meinen Atem.«

Er nahm seine Hand von meiner Schulter, zog ein kariertes Taschentuch heraus und wischte sich den Schweiß von der Stirn. Dies genau wäre der geeignete Augenblick für eine Flucht gewesen. Oder für den Diebstahl seines Revolvers. Warum stand ich dort wie ein Schwachkopf, in der leeren, öden Nacht, Zefanja-Straße, Ecke Amos-Straße, und wartete auf ihn, als ob man mir aufgetragen hätte, irgendeinen verwirrten Alten zu begleiten, für den Fall, dass er vergaß, wohin er gehörte? Warum hatte ich in dem Augenblick, in dem der Sergeant sich »ein wenig den Atem kürzte«, das Bedürfnis, loszulaufen und ihm ein Glas Wasser zu holen? Wenn das Merkmal des Verrats ein Gefühl der Bitterkeit der Seele und des Widerwillens der Zähne ist, so als ob man eine Zitronenschale kaut oder Seife, ja, als ob Kreide über die Tafel kreischt, wenn es all das ist, dann war ich in jenem Moment womöglich schon ein bisschen ein Verräter. Obgleich nicht zu leugnen war, dass ich auch eine heimliche Süße spürte. Nun, da ich diese Geschichte schreibe, da mehr als fünfundvierzig Jahre vergangen sind, das hebräische Land existiert und es seine Feinde stets aufs Neue besiegt hat, bin ich immer noch versucht, jenen Augenblick zu unterschlagen.

Und auf der anderen Seite – Sehnsüchte.

Ich habe bereits hier und an anderer Stelle erwähnt, dass jede Sache mindestens zwei Seiten hat (außer dem Schatten). Ich erinnere und wundere mich: In jenem seltsamen Moment herrschte um uns herum tiefe Dunkelheit, nur die kleine Insel eines geduckten

Lichts zitterte unter der Taschenlampe, die in der Hand des Polizisten lag, und wir waren umgeben von beängstigender Leere und einer Vielzahl unruhiger Schatten. Aber Sergeant Dunlop und ich waren keine Schatten. Und auch meine ausgebliebene Flucht war eine ausgebliebene Flucht und kein Schatten. Und auch der nicht vollzogene Diebstahl des Revolvers. In Windeseile reifte meine Entscheidung, als ob eine Glocke in mir läutete:

Doch.

Zweifellos.

Und beherzt.

Ich würde seinen Vorschlag annehmen.

Ich würde mich mit ihm im Orient Palace treffen, und auf diese Weise, in der Tarnung eines Privatunterrichts in Hebräisch und Englisch, würde ich listig geheime, wichtige Einzelheiten über die Aufstellung der Besatzungseinheiten und die Heimtücken der feindlichen Herrschaft auskundschaften. Auf diese Weise würde ich dem Untergrund tausendfach größeren Nutzen bringen als durch eine Flucht und sogar mehr als durch die Beschaffung einer Pistole. Von nun an war ich ein Spitzel. Ein Maulwurf. Ein Geheimagent in der Tarnung eines Jungen, der ein Liebhaber der englischen Sprache war. Von nun an würde ich ein Schachmensch sein.

8

Vor der Haustür sagte Vater in seinem langsamen Englisch, in dem ein russisches R, das an Rollschuhe auf einem holprigen Gehweg erinnerte, mitschwang: »Danke, Herr Polizist, dass Sie uns das verlorene Schaf zurückgebracht haben. Wir haben uns schon Sorgen gemacht. Vor allem die Dame. Wir schätzen Ihr Vorgehen zweifellos.«

»Vater«, flüsterte ich, »er ist in Ordnung. Er sympathisiert mit unserem Volk. Gebt ihm ein Glas Wasser und seid vorsichtig, er versteht Hebräisch.«

Vater hörte nicht. Oder er hörte und beschloss, meine Worte zu ignorieren.

Er sagte: »Und was den Lümmel angeht, mein Herr, so seien Sie unbesorgt, wir werden ihn uns vorknöpfen. Nochmals danke schön. And good bye, oder Schalom, wie wir Juden schon seit Tausenden von Jahren zu sagen pflegen und was wir immer noch so meinen, trotz allem, was man uns angetan hat.«

Sergeant Dunlop antwortete auf Englisch, und mittendrin ging er ins Hebräische über:

»Der Knabe und ich, wir sprachen auf dem Weg ein wenig. Ein kluger und netter Knabe. Bitte gehen Sie nicht zu streng mit ihm ins Gebet. Mit Verlaub werde auch ich das hebräische Wort Schalom in den Mund nehmen. Schalom. Schalom, denen in der Ferne und denen in der Nähe.«

Unversehens wandte er sich an mich und reichte mir seine fleischige Hand, an die meine Schulter sich bereits gewöhnt hatte, die sie schon beinah vermisste. Und er fügte mit einem Augenzwinkern flüsternd hinzu: »Orient Palace. Morgen um sechs.«

Ich sagte Schalom. Danke. Und mein Inneres rügte mich. Schande, Abtrünniger, Sklave, Angsthase, Schmeichler, Niederträchtiger, wofür verdammt noch mal schuldest du ihm Dank? Eine Welle der Selbstachtung umspülte mich plötzlich, ein bisschen wie nach dem Schluck Cognac, den Vater mir einmal genehmigt hatte, damit mir die Lust darauf für den Rest meines Lebens verginge. Alles, was man mir über die Generationen erniedrigter Juden gesagt hatte, einschließlich der stolzen Geisel Humphrey Bogart, zog sich in meinem Hals zusammen, meine geballte Faust verbannte ich auf den Grund meiner Hosentasche. Die Hand des Feindes ließ ich verblüfft in der Luft baumeln, bis er gezwungen war aufzugeben, auf das Schütteln zu verzichten und die Hand gewissermaßen zu einem schwachen Wedeln umzuleiten. Er verneigte sich und ging und ich hatte meine Ehre gerettet. Aber wieso spürte ich wieder den Geschmack des Verrats in meinem Mund, als ob ich auf Seife herumkaute?

9

Vater schloss die Tür. Noch im Stehen, im Flur, sagte er zu Mutter: »Misch du dich bitte nicht ein.« Und zu mir sagte er beherrscht: »Was hast du mir zu sagen?«

»Ich habe mich verspätet. Es tut mir Leid. Es war schon Sperrstunde. Der Polizist hat mich zu fassen gekriegt, als ich bereits auf dem Heimweg war.«

»Du hast dich verspätet. Weshalb hast du dich verspätet?«

»Ich habe mich eben verspätet. Es tut mir Leid.«

»Mir auch«, sagte Vater bedrückt und fügte hinzu: »In der Tat. Auch mir tut es Leid.«

Mutter sagte: »In Haifa kam es mal zu einem Zwischenfall. Ein Junge in deinem Alter ist nach Beginn der Ausgangssperre nicht nach Hause gekommen. Die Engländer hatten ihn erwischt, beschuldigt, Plakate geklebt zu haben, und zu fünfzehn Hieben verurteilt. Mit der Peitsche. Nach zwei Tagen haben seine Eltern ihn in irgendeinem arabischen Krankenhaus gefunden und ich brauche dir nicht zu sagen, in welchem Zustand sich sein Rücken befand.«

Vater sagte: »Du erlaubst noch einen Moment, bitte.«

Und zu mir sagte er: »Durchaus. Schreib es dir

hinter die Ohren: Bis zum Ende dieser Woche wirst du dein Zimmer nicht verlassen, außer zum Waschen und für den Gang zur Toilette. Und dies beinhaltet auch die Nahrungsaufnahme in Isolation. Damit du genügend Muße hast, dir rechtschaffen Gedanken darüber zu machen, was vorgefallen ist, und auch darüber, was hätte passieren können. Außerdem wird Euer Wohlgeboren auch mit einer wirtschaftlichen Krise zu rechnen haben, denn das Taschengeld wird bis zum 1. September eingefroren. Ferner sind das Aquarium und der Ausflug nach Talpiot unwiderruflich gestrichen. Warte. Wir sind noch nicht fertig. Das Löschen der Leselampe in den Abendstunden wird diese Woche von Viertel nach zehn auf neun Uhr vorverlegt. Seine Exzellenz erkennt ohne Zweifel den Zusammenhang: Dies geschieht, damit du dir im Dunkeln über deine Wege Rechenschaft ablegen kannst. Es gilt wahrhaftig als bewiesen, dass ein logisch denkender Mensch in der Dunkelheit wesentlich genauer mit sich ins Gericht geht als bei Licht. Das wäre alles. Seine Hoheit wird sich nun erlauben, unverzüglich in sein Zimmer zu verschwinden. Wahrhaftig. Ohne Abendessen. Ich bitte dich noch einmal, misch dich nicht ein. Dies ist eine Sache zwischen ihm und mir.«

10

Nach meiner Befreiung aus der Zimmerhaft schlug ich Ben Hur die Einberufung einer Generalstabssitzung des Hauptquartiers der FOT im Versteck im Tel-Arsa-Gehölz vor. Ohne näher auf Einzelheiten einzugehen, meldete ich, eine wichtige Informationsquelle aufgetan zu haben, und bat um den Auftrag, die Spionagemission aufnehmen zu dürfen.

Chita Resnik sagte: »Oho!«

Ben Hur warf Chita einen scharfen Khakiblick zu, fuchshaft, sagte weder ja noch nein, sah mich nicht einmal an. Schließlich sprach er zu seinen Fingernägeln: »Das Hauptquartier wird die ganze Zeit über im Bilde sein.«

Diesen Worten entnahm ich, dass ich mit der Mission betraut war.

Ich sagte: »Zweifellos. Aber nur, wenn es ein Bild geben wird.« Ich erwähnte auch, dass in »Panther im Keller« Tyrone Power freie Hand gelassen wurde, im Nebel zu verschwinden und Identitäten anzunehmen oder abzulegen, nach alleinigem Gutdünken.

Chita sagte: »Das stimmt. Er hat sich in einen Diamantenschmuggler verwandelt und später in einen Zirkusdirektor.«

»Zirkus«, sagte Ben Hur, »das passt zu Profus. Panther im Keller weniger.«

Ich hatte keine Ahnung, dass ich unter Beobachtung stand. Dass die Abteilung für Innere Sicherheit noch am selben Tag in Aktion trat: Ben Hur liebte es nicht, etwas nicht zu wissen. Er litt unter einer Art Durst, der mit nichts zu löschen war. In seinen Zügen, in seinen Gesten, in seiner Stimme lag immer irgendeine Spur des Durstes. Beispielsweise beim Fußball, in der Halbzeit (er war Rechtsaußen, ich Kommentator), staunten wir darüber, wie Ben Hur in einem Zug sechs, sieben Gläser Brause hinunterstürzte, obendrein am laufenden Wasserhahn hing und trotzdem sein durstiges Profil behielt. Beharrlich. Ich habe keine Erklärung dafür. Unlängst habe ich ihn beim Warten auf eine El-Al-Maschine getroffen, in einem dunklen Geschäftsanzug, krokodilledernen Schuhen, einen respektierlichen Trenchcoat adrett über dem Arm gefaltet, eine Reisetasche über der Schulter gegürtet, auf der in silbrigen lateinischen Lettern die Marke »Patent« prangte. Nun heißt er nicht mehr Ben Hur Tikujinski, sondern Herr Benni Takin, ist Besitzer einer Hotelkette, und immer noch sieht er aus, als sei er dem Verdursten nahe. (Es gibt in der hebräischen Sprache einen Ausdruck, der die durstigen Umrisse von Ben Hur buchstäblich lautmalt: ziehe zama.)

Durstig wonach? Wir werden es nie erfahren.

Menschen wie er sind womöglich dazu verdammt, ihr ganzes Leben lang durch eine unbekannte, innere Wüste zu ziehen, durch gelbe trockene Dünen, Treibsand, Ödnis. »So dass auch viele Wasser sie nicht auslöschen und Ströme sie nicht ertränken können.« Wie in meiner Kindheit, so werde ich auch heute von solchen Charakteren ein wenig gefesselt. Aber mit den Jahren habe ich gelernt, mich vor ihnen in Acht zu nehmen. Oder nicht vor ihnen, sondern vor ihren Fesseln.

11

Am Freitagnachmittag schlich ich mich zum Café Orient Palace, dem Palast des Morgenlandes. Ich habe bereits erwähnt, dass dieser Orient Palace keineswegs ein Palast, sondern eher eine heruntergekommene Blechhütte war, die sich hinter dem Dickicht einer Passionsfruchthecke versteckte. Und er befand sich auch nicht im Osten, sondern lag im Westen, in einer der engen Gassen mit den alten, geduckten deutschen Häusern hinter der Militärbasis Richtung Romema-Viertel. Dort standen in sich gekehrte Steinhäuser mit dickem Mauerwerk und Butzenscheiben, Ziegeldächern, Kellerräumen, Dachböden, Zisternen und von Steinmauern umfriedeten Gärten im Schatten dichter Baumkronen, die ein eigentümliches weiches, fremdländisch anmutendes Licht in die Höfe fallen ließen, als wäre man am Grenzposten eines gelobten Landes angelangt, in dem Menschen friedlich ein maßvolles, stilles Leben führten. Als ob es einem erlaubt wäre, einen Blick auf jenes Land zu werfen, in das man nie gelangen sollte.

Auf dem Weg zum Café Orient Palace wählte ich ein paar Umwege, Hinterhöfe, steinige Grundstücke, und machte zur Sicherheit noch einen Abstecher

Richtung Süden an der Tachkemoni-Schule vorbei. Hin und wieder warf ich einen hastigen Blick über die Schulter, um sicher zu gehen, wirklich jeden Verfolger abgeschüttelt zu haben. Ich wollte den Weg in die Länge ziehen, auch weil ich noch nie der Meinung war, dass die gerade Linie die kürzeste ist. Ich dachte bei mir: Eine gerade Linie – na und?

In den Tagen meines Arrests, in meinem Zimmer, in der Dunkelhaft, hatte ich tatsächlich, wie Vater es verlangte, meinen Verstand benutzt: Ich überdachte von neuem jeden meiner Schritte – richtig oder falsch –, die ich in jener Nacht unternommen hatte, als ich dem britischen Polizisten in die Hände gefallen war. Und zog etliche Schlussfolgerungen: Erstens, es bestand keinerlei Zweifel daran, dass Mutter und Vater, was meine Verspätung anlangte, Recht hatten. Ich hatte mich unnötig in Gefahr gebracht. Ein kluger Untergrundkämpfer würde sich niemals ungewollt und ohne einen Vorteil daraus zu ziehen in eine Auseinandersetzung mit dem Feind einlassen. Jede Berührung zwischen Feind und Untergrund, die nicht auf die Initiative des Untergrunds zurückging, nutzte dem Feind. Ich hatte mich unnötig gefährdet, indem ich mich bis nach Beginn der Sperrstunde in den Höhlen von Sanhedria aufgehalten hatte, um mich meinen Träumen hinzugeben. Ein echter Untergrundkämpfer musste sogar seine Träume für das Ziel, den Sieg voranzutreiben, einsetzen. In einer Epoche, in der das Schicksal des Volkes auf dem Spiel stand, waren Träume mit dem alleinigen Zweck des Träumens Weiberkram. Kämpfer mussten sich hüten, insbesondere vor Träumen, die von Jardena handelten, die beinahe zwanzig war und immer noch die mädchenhafte Angewohnheit hatte, beim Hinsetzen die Zipfel ihres Rocks zurechtzuzupfen, als ob ihr Knie ein Säugling wäre, den es sorgsam zuzudecken galt, nicht zu wenig, damit er nicht fror, aber auch nicht zu viel, damit er genug frische Luft bekam. Und ihr Klarinettenspiel: als ob die Musik nicht aus der Klarinette drang, sondern geradewegs aus ihr selbst kam und nur für einen Moment die Klarinette durchlief, Süße und Trauer tankte und einen zu einem wahren Ort führte, einem leisen, in dem es weder Feind noch Kampf gab, einem Ort, der frei war von Scham und Verrat, bar jeden Gedankens an Verrat, wo alles in Licht gekleidet war. (Wie ihre übereinander geschlagenen Knie. Unter jenem Rock, dem orangen.)

Genug, Dummkopf.

Und in welcher Beziehung standen die Worte übereinander schlagen und beschlagen? Erschlagen? Verschlagen?

(»Dieser Junge«, hatte Jardena gesagt, »würde seine Mutter verkaufen für ein Wortspiel.« Und Vater: »Der weise Kratinos der Antike sagte bereits, dass mit Worten keine Mauer errichtet wird.«)

In solche Gedanken verloren, gelangte ich zum Orient Palast, und eine Stimme in mir beschwor mich: Kehr um und geh zurück nach Hause, ehe du dich in etwas verstrickst. Und eine zweite Stimme spottete: Angsthase. Und eine dritte gesellte sich hinzu, die gar keine Stimme war, sondern einem Kneifen ähnelte und mich eintreten ließ. Also schlich ich mich hinein, übersah die Billardspieler in der vorderen Schankstube, hoffend, dass sie mich nicht bemerkten, während ich die Begehrlichkeit meiner Finger, einen Moment den grünen Filz des Billardtischs zu berühren, im Zaum hielt. (Bis zum heutigen Tag fällt es mir schwer, ein Stück Filz zu sehen, ohne die unbändige Lust zu verspüren, ihn zu befühlen und zu prüfen, wie zart er ist.) Zwei englische Soldaten mit roten Baretts, die bei uns »Klatschmohn« hießen, Maschinengewehre der Marke Tommy-Gun um die Schultern gegürtet, sprachen leise mit der jungen Frau am Tresen, die in ein Lachen ausbrach, sich vorbeugte und ihnen die schäumenden Bierkrüge und den Eingang zur Spalte ihres Kleides entgegenhielt, aber ich sah nicht hin. Ich durchquerte den Raum und den Gestank nach Tücke und Bier und schaffte es, mich unversehrt bis zum Hinterzimmer durchzuschlagen. Am Ende dieses Zimmers, hinter einem runden, mit blumigem Wachstuch bedeckten Tisch, sah ich meinen Mann. Er sah ein wenig anders aus, als ich ihn in Erinnerung hatte. Fremder. Und ernster. Britischer. Er saß dort über einem Buch, mit verschränkten, drallen Beinen und in zerknautschter, nachlässiger Uniform: kurze, weite Khakihose bis zu den Knien und ein weites, zerknittertes Hemd (grünliches Khaki im Gegensatz zu dem sandigen Khaki, das der »Ata«-Produktion entstammte, die Vater trug). Auf seiner Schulter glänzte silbern seine Erkennungsnummer, die ich mir schon damals, in der ersten Nacht, eingeprägt hatte: vier vier sieben neun. Eine einfache, angenehme Zahl. Auch diesmal war seine Pistole in Richtung Hinterteil gerutscht, als hätte sie sich zwischen Rücken und Stuhllehne gequetscht. Vor ihm auf dem Tisch sah ich eine aufgeschlagene Bibel und ein Wörterbuch, ein Glas gelbe Brause, aus der die Kohlensäure bereits entwichen war, und zwei weitere Bücher, ein Heft, ein zerknülltes Taschentuch, eine angebrochene Bonbonschachtel. Er hob den Kopf und sah mich mit freundlichem Gesicht an, das nun schlapp und rosa war, als ob es einen Überschuss an Haut besäße, die eine schale Färbung aufwies wie schmelzendes Vanilleeis. Die Polizistenmütze, die in jener Nacht einen Moment lang auf meinen Kopf gelegt worden war, lagerte jetzt schräg auf der Kante des Tischs und sah sehr viel Achtung gebietender und förmlicher aus als Sergeant Dunlop selbst. Sein Haar war braun, schütter und teilte sich messerscharf genau in der Mitte des Kopfes, als verliefe dort die Wasserscheide, die wir im Erdkundeunterricht durchgenommen hatten. Seinem nebulösen Lächeln entnahm ich, dass er vergessen hatte, wer ich war.

»Schalom, Sergeant Dunlop«, sagte ich in hebräischer Sprache.

Er lächelte weiter und begann gleichzeitig ein bisschen zu blinzeln.

»Ich bin es. Der von der Ausgangssperre. Den Sie auf der Straße aufgegriffen, nach Hause gebracht und freigelassen haben. Sie hatten vorgeschlagen, mein Herr, dass wir einander Hebräisch und Englisch beibringen. Also, hier bin ich.«

Sergeant Dunlop errötete und sagte: »Oh. Aha.«

Er erinnerte sich immer noch nicht. Also half ich ihm nach: »Soll der Knabe nicht in der Finsternis verloren gehen? Erinnern Sie sich nicht mehr, mein Herr? Vor ungefähr einer Woche? Man sagt enemies und nicht enimies?«

»Oh. Aha. Wahrlich, du bist es. Bitte lasse dich nieder. Und was ist diesmal dein Begehren?«

»Sie haben vorgeschlagen, dass wir zusammen lernen. Sie Hebräisch, ich Englisch. Ich bin bereit.«

»Oh. Du hast wahrlich dein Wort gehalten. Wohl dem, der da wartet.«

So begannen unsere Nachhilfestunden. Beim zweiten Treffen erklärte ich mich bereits einverstanden, dass er auch für mich ein Glas Brause bestellte, obgleich wir aus Prinzip nichts von ihnen annehmen durften, »nicht Faden noch Schuhriemen«. Aber ich hatte gründlich nachgedacht und war zu dem Schluss gelangt, dass es zu meiner Aufgabe gehörte, sein Vertrauen zu erwerben und jeden Argwohn zu zerstreuen, um die nötigen Informationen aus ihm herauszubekommen. Nur darum zwang ich mich, ein wenig an der Brause zu nippen, die er mir gekauft hatte, und ließ mir auch zwei Waffeln vorsetzen.

Gemeinsam lasen wir ein paar Kapitel im Buch Samuel und im Buch der Könige. Wir sprachen darüber in zeitgenössischem Hebräisch, das der Sergeant so gut wie nicht beherrschte. Begriffe wie Kran, Bleistift und Hemd erregten seine Bewunderung, da sie uralten Worten entsprangen. Und ich erfuhr von ihm, dass es im Englischen eine Zeit gab, von der das Hebräische keine Spuren aufwies: das Present Continuous, dessen Bedeutung in etwa fortdauerndes Präsens war und das eine Zeitform meinte, in der jedes Verb mit einem Laut endet, der an das Anstoßen zweier Gläser erinnert: -ing. Und wirklich half mir das Klirren des Glases dabei, dieses englische Präsens zu begreifen. Ich stellte mir ein leichtes Anklicken vor, mit dem ein dünner, glockenhafter Ton einherging, der sich weiter und weiter entfernte, schwächer und feiner wurde, mit zarter Beständigkeit in der Unendlichkeit verschwand und dem bis zum völligen Verklingen zuzuhören angenehm war, so dass man sich keiner anderen Beschäftigung widmen mochte, bis sich der Laut in Nebel auflöste, sich entfernte, verstob, verflog. Für dieses Lauschen war der Name fortdauerndes Präsens zweifellos angemessen und schön.

Als ich Sergeant Dunlop von dem Glasklang erzählte, der mir half, das fortdauernde Präsens zu begreifen, versuchte er mich zu loben, aber er verhaspelte sich und es entfuhren ihm englische Worte, die ich nicht alle verstand, obgleich ich unversehens begriff, dass es ihm wie jedem bei uns erging, nämlich dass es bedeutend leichter fiel, Ideen und Meinungen auszudrücken als Gefühle. Auch ich hatte in jenem Moment ein Gefühl (eine Mischung aus Zuneigung und Verlegenheit), aber ich ließ es nicht zu, da ein Feind ein Feind war und ich kein Mädchen. (Und sie? Die Mädchen? Was war es, das uns an ihnen so lockte? Nicht der Klang von einander berührendem Glas, eher ein auf

Glas fallender Lichtstrahl? Und wie lange war es uns verboten? Bis wir erwachsen waren? Bis es keinen Feind mehr gab?) Nach dem dritten, vierten Treffen schüttelten wir uns bereits die Hände, denn Spionen war das erlaubt, und darüber hinaus war es mir gelungen, Sergeant Dunlop den Unterschied zwischen klingendem und stummem E zu erklären. Ich hatte nie zuvor jemandem Unterricht erteilt, dennoch nannte mich der Sergeant »ruhmreicher Lehrer« und ich freute mich, sagte jedoch: »Sie übertreiben, mein Herr.« Und ich erklärte ihm das Wort übertreiben, das er nicht kannte, weil es nicht in der Bibel stand.

Sergeant Dunlop war ein geduldiger Lehrer, ein wenig zerstreut, aber wenn wir die Rollen tauschten, verwandelte er sich in einen aufmerksamen, gewissenhaften Schüler. Wenn er hebräisch schrieb, ragte die Spitze seiner Zunge vor lauter Anstrengung aus seinem Mundwinkel wie bei einem Kind. Einmal murmelte er »Christ«, fuhr zusammen, nahm es zurück und sagte auf Hebräisch »Allmächtiger«. Am Ende des vierten Treffens hatte ich einen besonderen Anlass, seine Hand zu schütteln, sogar von ganzem Herzen, denn es war mir gelungen, ihm eine höchst kostbare Information zu entlocken:

»Noch bevor der Sommer sich neigt«, sagte er, »werde ich mich auf den Weg machen in meine Heimat, denn bald schon werden die Tage unserer Unit in Jerusalem gezählt sein.« (Unit: Militäreinheit. Die Vokabel war mir bekannt. Aber ich schwieg.)

Mit einer Gier, die ich hinter der Maske der Höflichkeit zu verbergen suchte, fragte ich: »Was ist Ihre Unit?«

»Die Jerusalemer Polizei. Flügel des Nordens. Neunte Kompanie. Bald wird der Engländer das Land verlassen. Wir sind ermattet. Unsere Tage gehen zur Neige.«

»Wann?«

»Vielleicht um diese Zeit übers Jahr.«

Ein Glücksfall, dachte ich, ein Geschenk des Himmels, dass ich zur Stelle war und nicht Chita oder Ben Hur, die beide keineswegs verstanden hätten, dass um diese Zeit übers Jahr genau in einem Jahr bedeutete. Auf diese Weise hätten sie die Aufklärung eines schicksalhaften militärischen Geheimnisses verpatzt. Diese Information blitzschnell an das FOT-Hauptquartier weiterzuleiten und überdies an den echten Untergrund, war meine Pflicht. (Aber wie sollte ich es anstellen? Mit Hilfe meines Vaters? Oder Jardenas?) Das Herz im Käfig meiner Brust jubelte wie ein Panther im Keller: In meinem ganzen Leben war ich nicht so nützlich gewesen und würde ich nicht so nützlich sein. Und da, fast gleichzeitig, machte sich erneut bitter, abscheulich, der fahle Geschmack des Verrats zwischen meinen Zähnen bemerkbar: schauerlich wie das Kreischen von Kreide.

»Und was, Sergeant Dunlop, wird nach dem Abzug der Briten geschehen?«

»Es steht geschrieben: ›Der Herr sagte: Und ich will diese Stadt beschirmen, dass ich sie errette. Kein Feind soll durch die Tore dieser Stadt schreiten und niemand soll sie schrecken. Es sollen hinfort wieder sitzen auf den Plätzen Jerusalems alte Männer und Frauen und die Plätze der Stadt sollen voll sein von Knaben und Mädchen, die dort spielen.‹«

Woher hätte ich wissen sollen, dass ich bei diesem Treffen längst unter Verdacht stand? Dass ich einer genauen Observierung seitens der Abteilung für Innere Sicherheit der Kommandantur der FOT unterzogen wurde? Nicht den Anflug von Besorgnis hatte ich gespürt. Ich war überzeugt, dass Ben Hur und Chita sich mit dem Köder, den ich ausgeworfen hatte, zufrieden gaben. Bis eines Morgens Chita, auf Befehl von Ben Hur, mit dicker, schwarzer Farbe auf die Mauer unseres Wohnblocks die Worte schrieb, die ich zu Beginn der Geschichte zitiert habe und die zu wiederholen mir schwer fällt. Am Mittag hatte ich den Zettel unter der Tür gefunden: Ich musste mich im Tel-Arsa-Gehölz einfinden, würde vernommen werden, wegen Verrats vor Gericht stehen. Sie sahen in mir ein Messer im Rücken und keinen Panther im Keller.

12

Abends, nachdem ich die Leselampe gelöscht hatte, lag ich wach und lauschte den Geräuschen. Draußen, hinter der Mauer des Hauses, begann eine leere, heimtückische Welt. Selbst der vertraute Hof, unser Hof mit dem Granatapfelbaum und dem Streichholzschachteldorf, das ich zu seinen Füßen gebaut hatte, gehörte in der Nacht nicht uns, sondern der Ausgangssperre und der Schlechtigkeit. Von Hof zu Hof schlugen sich Kampfeinheiten durch die Dunkelheit, unterwegs zu verzweifelten Einsätzen. Britische Patrouillen mit Scheinwerfern und Spürhunden strichen durch die verlassenen Straßen. Spitzel, Detektive und Verräter waren in ihren Gehirnkrieg vertieft. Knüpften ihre Netze. Heckten listige Hinterhalte aus. Die leeren Gehwege wurden von Irrlichtern erhellt, die aus Taschenlampen fielen, von Sommernebeln umhüllt. Hinter unserer Straße, jenseits unseres Stadtteils, lag ein immer enger werdendes Geflecht von verlassenen Straßen, Gassen, Gängen, Treppen und Gewölben, in denen augenreich die von Hundegebell durchlöcherte Dunkelheit lungerte. Selbst die Häuserzeile auf der anderen Straßenseite schien mir in den Nächten der Ausgangssperre wie durch einen Fluss tiefer Finsternis von uns getrennt. Als ob die Dorzions und Frau Ostrowska, Frau Doktor Gripius, Ben Hur und seine Schwester Jardena allesamt jenseits der Berge der Dunkelheit wohnten. Und über diesem Gebirge lagen auch der Zeitungskiosk »Schibolet« und die Gemischtwarenhandlung der Brüder Sinopski, die mit einem eisernen Laden und zwei Schlössern verriegelt war. Ich hatte das Gefühl, den Begriff Berge der Dunkelheit zwischen den Fingerspitzen fühlen zu können, als ob die Berge aus schwarzem, dichtem Filz bestünden. Über unseren Köpfen lag das Dach von Herrn Lazarus, von Schwärze umspült, wo sich heranwachsende Hühner dicht an dicht aneinander drückten. Die Berge rings um Jerusalem wurden in diesen Nächten zum schwarzen Gebirge der Dunkelheit. Und was war jenseits der Berge? Steinerne Dörfer, die sich um Minarette scharten. Leere Täler, durch die Füchse und Schakale pirschten und hin und wieder eine Hyäne. Blutrünstige Meuten. Und erzürnte Geister, Tote aus vergangenen Zeiten. Ein angstvolles Pochen schüttelt mich noch heute, wenn ich jene aramäischen Begriffe höre: Kidmat dena – vergangene Zeiten. Sitra achra – Satan. Schelo me'alma haden – die nicht von dieser Welt sind.

Wach und zusammengekauert lag ich da, bis die Stille zum Zerreißen gespannt war und Schüsse fielen, die sie durchsiebten. Manchmal war es eine ferne Salve, einsam, aus Richtung von Wade el-Joz oder Isawiyya. Mitunter eine scharfe, messerscharf, vielleicht aus der Gegend von Sheikh Jarrah. Oder der abgehackte Trommelwirbel eines Maschinengewehrs aus der Nähe von Sanhedria. Und wir? Der echte Untergrund? Machten junge Männer, fest entschlossen wie Fäuste, einander von Dach zu Dach mit abgeblendeten Taschenlampen Zeichen? Es kam vor, dass nach Mitternacht eine Serie wuchtiger Explosionen aus dem Süden der Stadt drang, aus der Umgebung der deutschen Kolonie oder aus noch größerer Entfernung, aus dem Ben-Hinnom-Tal oder aus dem Stadtteil Abu Tor oder vom Allenby-Stützpunkt oder von den Mar-Alias-Hügeln auf dem Weg zur Stadt Bethlehem. Ein dumpfes, zitterndes Grollen rollte durch die Tiefe der Erde unter dem Asphalt und den Fundamenten der Gebäude und löste bei den Glasscheiben ein Zähneklappern aus, und aus dem Fußboden kroch die Erschütterung der Detonation in mein Bett, wo sie ein eisiges Beben verursachte.

Das einzige Telefon des Viertels stand in der Apotheke. Es kam vor, dass ich mir spät in der Nacht einbildete, drei Straßen weiter ein nicht enden wollendes Klingeln zu hören, das dort gottverlassen sein Flehen ertönen ließ. Das nächste Radio befand sich im Haus von Doktor Buster, sechs Gebäude ostwärts: Nichts würden wir erfahren bis zum Morgengrauen. Weder ob die Briten sich aufmachten, auf Zehenspitzen aus Jerusalem verschwanden und uns allein inmitten der Araber zurückließen. Noch ob bewaffnete Mörderbanden in die Stadt einfielen. Auch nicht ob der Untergrund den Palast des Hochkommissars besetzt hatte.

Von jenseits der Wand, aus dem Zimmer der Eltern,

drang nichts als Stille. Mutter war wohl in ihren Morgenrock gewickelt und las oder bereitete eine Bestellliste vor für das Kinderheim, in dem sie arbeitete. Vater war wie immer bis ein, zwei Uhr abgeschieden, mit gebeugtem Rücken, den Kopf im Kreis, den das Licht auf den Tisch warf, vertieft in das Ausfüllen von Kärtchen mit Einzelheiten, die er für sein Buch über die Geschichte der Juden in Polen benötigte. Zuweilen machte er mit seinem Bleistift am Rande eines der Bücher ein Zeichen: Die Sache hat zwei Seiten. Oder: Hier könnte man es auch anders auslegen. Oder sogar: Hier irrt der Verfasser wahrhaftig. Und es kam vor, dass er seinen gerechten, müden Kopf senkte und zu irgendeinem willkürlichen Buchdeckel in einem der Regale sagte: »Auch dieser Sommer wird vorübergehen. Der Winter wird kommen. Und es wird nicht leicht werden.« Mutter pflegte zu antworten: »Bitte verschon mich damit.« Und Vater: »Vielleicht werde ich dir ein Glas Tee kochen. Trink und leg dich schlafen, du bist ja so erschöpft.« In seiner Stimme lag ein gewisses Zaudern, eine Sanftheit der Mitte der Nacht. In den Stunden des Lichts jedoch sprach er meist wie ein Mensch, der ein gerechtes Urteil fällte.

Eines Tages geschah ein kleines Wunder. Eine der Hennen von Herrn Lazarus legte Eier, die sie so lange bebrütete, bis fünf fiepende Küken schlüpften. Obwohl niemand einen Hahn gesehen hatte. Mutter äußerte eine ironische Vermutung und Vater wies sie zurecht: »Hör auf. Der Junge hört mit.«

Herr Lazarus weigerte sich, die Küken zu verkaufen. Jedem von ihnen gab er einen Vornamen. Den ganzen Tag lief er sonnenverbrannt in seinem engen, ärmellosen Jackett, das man bei uns als Leibchen bezeichnete, auf dem Dach herum, auf dem Gesicht den ewigen Ausdruck leichter Verblüffung, um den Hals sein grünes Zentimetermaß. Nur selten schnitt er zu oder nähte. Die meiste Zeit verbrachte er damit, sich mit seinen Hennen in Deutsch zu besprechen, tadelte die Küken, vergab ihnen, streute Körner, sang ihnen Wiegenlieder, wechselte das Sägemehllager, bückte sich, um nach einem auserwählten Küken zu greifen, das er sich auf den Schoß setzte und schaukelte, als wiege er einen Säugling in den Schlaf.

Vater sagte: »Wenn wir zufällig ein wenig Brot entbehren können oder eine Tasse Suppe ...«

Mutter meinte: »Ich habe ihm schon was geschickt. Der Junge hat es ihm hochgebracht, auch Graupen von gestern. Um ihn nicht zu beleidigen, werden wir weiterhin sagen, dass es für die Hühner ist. Aber was soll weiter werden?«

Vater antwortete darauf: »Wir müssen tun, was in unserer Macht steht, und hoffen.«

Mutter sagte: »Du redest schon wieder wie das Radio. Hör endlich auf damit. Der Junge hört zu.«

Wir drei saßen Abend für Abend nach dem Essen, zu Beginn der Sperrstunde, zusammen in der Küche und spielten Monopoly. Mutter hatte die Angewohnheit, zwischen ihren Fingern ein Glas Tee zu liebkosen und sich an ihm zu wärmen, obwohl es Sommer war. Oder wir sortierten Briefmarken und hefteten sie ins

Album. Vater liebte es, Wissenswertes über jedes Land zu erzählen, zu dem wir beim Einsortieren der Briefmarken kamen. Mutter weichte die Schnipsel der Umschläge in Wasser ein, um den Kleber zu lösen und die Briefmarken abzutrennen. Nach zwanzig Minuten fischte ich die so befreiten Briefmarken auf und legte sie, mit dem Gesicht nach unten, zum Trocknen auf ein saugfähiges Papier. Die Briefmarken lagen gesenkten Hauptes da, in Reih und Glied wie auf dem Foto die italienischen Kriegsgefangenen, die bei den Kämpfen in der westlichen Wüste in die Hände des Feldmarschalls Montgomery gefallen waren: Auch sie lagen aufgereiht, im heißen Wüstensand, die Hände hinter den Rücken gebunden und die Gesichter zwischen die Knie vergraben.

Dann sortierte Vater die trockenen Briefmarken nach dem dicken, englischen Katalog, auf dessen Deckel eine Vergrößerung des Schwarzen Schwans abgebildet war, der als die teuerste Briefmarke der Welt galt, obgleich der Verkaufspreis nur einen Penny betrug. Auf meiner Handfläche reichte ich Vater haftendes Transparentpapier und meine Augen hingen an seinen Lippen. Es gab Länder, über die Vater mit höflichem Abscheu sprach, und solche, denen seine Achtung galt. Er sprach über die Bevölkerung, die Wirtschaft, die Hauptstädte, die Schätze der Natur, die archäologischen Stätten, die Regierungen und die Kunstschätze. Und vor allem sprach er immer wieder von den Malern, Musikern und den herausragenden Dichtern, die nach seinen Worten so gut wie ausnahmslos, nahezu in jedem Land, Juden waren oder deren Nachkommen oder zumindest jüdische Wurzeln hatten.

Und es kam vor, dass er mich am Kopf berührte oder am Rücken, in seinem Innern nach irgendeiner erstickten Zuneigung tastend, und plötzlich sagte: »Morgen werden ich und du zu ›Schibolet‹ gehen. Ich werde dir einen Federkasten kaufen. Oder vielleicht wirst du dir etwas anderes aussuchen. Ein Geschenk. Du bist mir nicht glücklich genug.«

Einmal sagte er: »Ich werde dir etwas verraten, ein gewisses Geheimnis, das ich bis heute niemandem anvertraut habe. Es soll bitte unter uns bleiben. Ich bin ein wenig farbenblind. Das kommt vor. Es ist ein Geburtsmakel. Es gibt anscheinend Dinge, die du in unser beider Namen sehen musst. Durchaus, schließlich bist du zweifellos mit Fantasie gesegnet und gescheit.«

Mitunter benutzte Vater Worte, ohne zu bemerken, dass sie Mutter traurig machten: Die Karpaten, zum Beispiel. Oder Glockenturm. Und auch Oper, Kutsche, Ballett, Karnies, Uhrenplatz. (Was war eigentlich Karnies? Oder Giebel? Wetterfahne? Veranda? Wie sah ein Reitknecht aus? Der Landesfürst? Der Gendarm? Der Glöckner?)

Einer festen Vereinbarung folgend, kamen um Punkt Viertel nach zehn Vater oder Mutter in mein Zimmer, um nachzusehen, ob ich wirklich die Leselampe neben meinem Bett gelöscht hatte. Hin und wieder blieb Mutter noch fünf oder zehn Minuten, saß auf der Bettkante und erzählte aus ihren Erinnerungen. Einmal beschrieb sie mir, wie sie, im Alter von acht Jahren, eines Sommermorgens am Ufer eines kleinen Bachs in der Ukraine gesessen hatte, unterhalb einer Mühle. Enten sprenkelten das Wasser. Sie beschrieb die Windung des Bachs an der Stelle, an der er vom Wald verschluckt wurde. Und mit ihm all die Dinge, die das Wasser mit sich trug, Baumrinde und Laub. Im Hof der Mühle hatte sie einen zerschlagenen Fensterladen in blassblauer Farbe gefunden und schickte ihn mit der Strömung auf den Weg. Es schien ihr, dass dieser Bach, der aus dem Wald geflossen kam und in den Wald zurückkehrte, im tiefen Gehölz Windungen vollzog, die einen Kreis schlossen. Deshalb blieb sie zwei, vielleicht drei Stunden sitzen und wartete auf ihren Laden, dass er seine Runde vollendete und zurückkehrte. Aber nur Enten kamen.

In der Schule hatte man ihr beigebracht, dass Wasser immer abwärts fließt, denn so und nicht anders waren die Gesetze der Natur. Aber schließlich glaubten im Altertum alle Menschen an gänzlich andere Naturgesetze, waren zum Beispiel überzeugt, dass die Erde flach sei und von der Sonne umkreist werde, und die Sterne säßen am Himmel, um auf uns Acht zu geben. Vielleicht waren auch die Naturgesetze unserer Zeit nur vorübergehend gültig und schon bald würde man sie gegen gänzlich neue Gesetze austauschen?

Am nächsten Tag stieg sie wieder hinab zum Bach, aber der blaue Laden kam nicht zurück. In den folgenden Tagen setzte sie sich stets eine halbe oder ganze Stunde ans Ufer des Gewässers und wartete, obwohl sie berücksichtigte, dass das Ausbleiben des Ladens nichts bewies und der Bach trotzdem im Kreis fließen konnte, weil der Laden womöglich nur an einer Uferböschung hängen geblieben war. Oder im flachen Wasser aufgelaufen war. Dass es auch sein konnte, er war längst zurückgekommen und hier an der Mühle vorbeigetrieben, ein Mal, zwei Mal oder öfter, aber stets nachts. Oder während der Essenszeiten. Oder vielleicht sogar während sie dasaß und auf ihn wartete, aber genau in dem Augenblick, als sie zufällig in die Höhe geschaut hatte, um einem Vogelschwarm nachzusehen. Denn riesige Vogelschwärme flogen dort im Herbst und im Frühling über den Himmel, auch im Sommer, ungeachtet der Zeiten der Zugvögel. Und woher sollte man wissen, wie groß der Umfang des Kreises war, den der Bach beschrieb, bevor er zur Mühle zurückkehrte? Eine Woche? Ein Jahr? Vielleicht mehr? Und vielleicht gerade in diesem Augenblick, während sie auf meiner Bettkante saß und von dem Fensterladen erzählte, in der Nacht der Ausgangssperre im Jerusalem des Jahres 1947, trieb der blaue Laden aus den Tagen ihrer Kindheit in der Strömung, dort, in der Ukraine oder in den Tälern zwischen den Karpaten, kam an Bädern vorüber, an Springbrunnen, Karniesen und Glockentürmen? Immer weiter entfernte er sich von jener Mühle und wer weiß, wann er am äußersten Punkt der Strecke angelangt war und seine Rückreise antrat? Vielleicht erst in zehn Jahren? Oder in siebzig? Oder in hundertundsieben? Wo war jener blaue Laden in dem Augenblick, als Mutter mir von ihm erzählte, mehr als zwanzig Jahre nachdem sie ihn auf die Reise geschickt hatte? Wo genau waren an jenem Abend seine Überreste? Seine Bruchstücke? Seine Splitter? Der Humus, der von ihm geblieben war? Schließlich musste noch etwas von ihm übrig sein. Ist etwas von ihm sogar jetzt, in der Nacht, in der ich darüber schreibe, übrig geblieben, circa siebzig Jahre nach jenem Sommermorgen, an dem meine Mutter ihn zum Bach hinuntergetragen hatte?

An dem Tag, an dem der Laden endlich zu jenem Punkt zurückkehrt, an dem Mutter ihn ausgesetzt hat, mit der Strömung wieder zur Mühle gelangt, wird er nicht vor unseren Augen erscheinen, die längst nicht mehr sein werden, sondern vor fremden Augenpaaren. Den Augen eines Mannes oder einer Frau, die nicht die Spur einer Ahnung haben, dass der Gegenstand, der vor ihnen im Wasser treibt, von hier kam und hierher zurückgekehrt ist. Schade, sagte Mutter, denn der, der dort sein wird, wenn mein Zeichen wieder vor der Mühle segelt, wie soll er, wenn er es überhaupt bemerkt, wissen, dass es sich um ein Zeichen handelt? Um den Beweis, dass sich alles im Kreis dreht? Es ist durchaus möglich, dass der, der dort zufällig sitzt, an dem Tag und in dem Moment, in dem der Laden zurückkehrt, ihn ebenfalls zum Zeichen wählt, um herauszufinden, ob es einen Kreis gibt oder nicht. Aber bis der Kreis sich wiederum schließt, wird auch der neue Mensch nicht mehr sein. Und wieder wird dort ein Fremder stehen und auch er wird keine Ahnung haben. Daher rührt der Wunsch des Erzählens.

13

Meine Verhandlung im Tel-Arsa-Gehölz dauerte weniger als eine Viertelstunde, denn wir hatten Angst, von der Sperrstunde überrascht zu werden. Es gab weder Folter noch Beschimpfungen oder Flüche. Es war eine kühle, recht höfliche Verhandlung.

Chita Resnik eröffnete sie mit den Worten: »Der Angeklagte erhebe sich.« (Im Edison-Kino wurde »Der ehrlose Sheriff aus Montana« mit Gary Cooper gezeigt. Unsere Verhandlung wurde nach dem Muster des dort gezeigten Schnellgerichts des ehrlosen Sheriffs abgehalten.)

Ben Hur Tikujinski, Vorsitzender des Gerichts, Kläger, Untersuchungsrichter, einziger Zeuge und Gesetzgeber zugleich, zischte durch reglose Lippen: »Profus. Mitglied des Generalhauptquartiers. Stellvertretender Kommandant und führender Kopf der Einsatzabteilung. Eine zentrale Figur bei uns. Begabt. Hat besondere Anerkennung verdient.«

Ich murmelte: »Danke, Ben Hur.« (Vor Stolz fühlte ich einen Druck im Hals.)

Chita Resnik sagte: »Der Angeklagte spricht nur, wenn wir ihm das Wort erteilen. Jetzt schweigt er.«

Ben Hur gab ihm zur Antwort: »Schweig auch du, Chita.«

Nach einer Weile sagte Ben Hur einen schmerzlichen Satz, der aus nur einem Wort bestand: »Schade.«

Wieder schwieg er. Und dann, nachdenklich, nahezu barmherzig, fügte er mit weicher Stimme hinzu: »Wir haben drei Fragen. Nach der Ehrlichkeit der Antworten wird dieses Gericht über das Strafmaß entscheiden. Es wird sich für den Angeklagten lohnen, die Fragen präzise zu beantworten: Was war das Motiv? Was hat der Feind erfahren? Und was war der Lohn des Verrats? Das Gericht schätzt knappe Auskünfte.«

Ich sagte: »In Ordnung. Also: a) Ich habe nichts verraten. Im Gegenteil. Ich habe wichtige Fakten aus dem Feind herausgeholt, unter dem Deckmantel eines hebräisch-englischen Sprachunterrichts. So viel zu a).«

Chita Resnik sagte: »Er ist ein Betrüger. Ein gemeiner betrügerischer Verräter.«

Und Ben Hur: »Chita. Letzte Verwarnung. Der Angeklagte: fortfahren. Fasse dich bitte kürzer.«

Ich fuhr fort: »In Ordnung: b) Ich habe nichts ausgeplaudert. Nicht mal meinen Namen habe ich preisgegeben. Und selbstverständlich auch nicht die Spur eines Hinweises auf die Existenz des Untergrunds erteilt. Soll ich fortfahren?«

»Wenn es dir nichts ausmacht.«

Chita weinte sein Sklavenlachen, ein anbiederndes, ängstliches Glucksen: »Lass mich Profus ein bisschen weich kochen. Nur fünf Minuten. Danach wird er singen wie eine Nachtigall.«

Ben Hur sagte: »Widerlich, Chita. Du redest wie ein kleiner Nazi. Der kleine Nazi wird jetzt diesen Stein aufheben – nicht den, diesen hier – und wird ihn sich bitte schön auf die Zunge legen. So. Und jetzt den Mund zu. Damit dieses Gericht bis zum Ende der Verhandlung Ruhe hat. Der Verräter wird bitte schön seine Aussage abschließen, wenn er sie nicht schon zum Abschluss gebracht hat.«

»Zu c)«, sagte ich, bemüht, nicht in Chitas Richtung zu sehen, der mit dem Stein im Mund zu ersticken drohte. Ich war entschlossen, meinerseits einen kühnen, geraden Blick in die gelben Fuchsaugen zu werfen, die nicht blinzelten. »Ich habe vom Feind nichts entgegengenommen. Nicht Faden noch Schuhriemen. Aus Prinzip. Das ist alles, was ich zu sagen habe. Ich habe nicht verraten, sondern ausgekundschaftet, genau nach Anweisung.«

»Ein wenig hochtrabend«, sagte Ben Hur traurig, »mit dem Faden und dem Schuhriemen und so. Aber das sind wir ja gewohnt. Du hast sehr schön gesprochen, Profus.«

»Unschuldig? Freispruch?«

»Der Angeklagte ist fertig. Nun wird er schweigen.«

Wieder herrschte Stille. Ben Hur Tikujinski widmete seine Aufmerksamkeit drei kleinen Zweigen. Vier, fünf Mal unternahm er den Versuch, sie wie einen Dreifuß vor sich aufzustellen, und jedes Mal fielen sie wieder zusammen. Er zog ein Taschenmesser heraus, klappte es auseinander, kürzte einen der Zweige, schnitzte an dem nächsten, bis es ihm gelang, die drei in geometrischer Genauigkeit gegeneinander zu lehnen. Aber das Taschenmesser knickte er nicht zusammen, steckte es nicht in seine Tasche zurück, sondern ließ es vorsichtig auf seiner geöffneten Handfläche balancieren – die winzige Lichtstrahlen speiende Messerklinge auf mich gerichtet – und sagte:

»Dieses Gericht glaubt dem Verräter, dass er ein paar Informationen aus dem Feind herausholen konnte. Dieses Gericht glaubt dem Verräter sogar, dass er nicht gesungen hat. Das Gericht weist jedoch voller Abscheu den Meineid des Verräters zurück, dass der Verräter keinen Gegenwert erhalten hat: Der Verräter erhielt vom Feind Waffeln, Brause, ein Brötchen einschließlich Wurst, Unterricht in englischer Sprache und eine Bibel inklusive des Neuen Testaments, ein Buch also, das gegen unser Volk gerichtet ist.«

»Brötchen mit Wurst nicht«, sagte ich fast tonlos.

»Der Verräter ist außerdem kleinlich. Der Verräter vergeudet die Zeit des Gerichts mit Wurst und anderen Nebensächlichkeiten.«

»Ben Hur!«, schrie plötzlich eine verzweifelte Stimme aus meinem Innern, ein Stöhnen zertretener Gerechtigkeit. »Was habe ich euch getan? Nichts habe ich verraten! Nicht ein Wort! Und vergiss nicht, dass ich es war, der dir diese Organisation aufgebaut und dich zum Kommandanten gemacht hat, aber jetzt ist Schluss damit. Hiermit löse ich die FOT auf. Das Spiel ist zu Ende. Hast du je von Dreyfus gehört? Von dem Schriftsteller Zola? Sicher nicht. Ist mir auch egal. Diese Organisation ist aufgelöst und ich geh nach Hause.«

»Geh nur, Profus.«

»Ich gehe nicht einfach, ich gehe voller Verachtung für euch beide.«

»Geh.«

»Ich habe nichts verraten. Ich habe nichts ausgeplaudert. Das Ganze ist eine Verschwörung. Und du, Ben Hur, bist nichts als ein Kerl mit Verfolgungswahn. In der Enzyklopädie habe ich Material über diese Krankheit.«

»Nu? Warum haust du nicht ab? Die ganze Zeit sagt er, ich gehe, gehe, und bleibt hier wie ein Nagel stecken. Chita, sag mal, bist du völlig übergeschnappt? Hör auf, Steine zu fressen. Ja. Du darfst ihn jetzt rausnehmen. Aber nein, wirf ihn nicht weg. Behalt deinen Stein, vielleicht wirst du ihn noch einmal brauchen.«

»Was habt ihr mit mir vor?«

»Das wirst du schon sehen, Profus. Das steht nicht in deiner Enzyklopädie.«

Fast ohne Stimme sagte ich: »Aber ich habe ihm nichts verraten.«

»Das stimmt.«

»Und ich habe auch nichts von ihm bekommen.«

»Auch das ist beinahe richtig. Fast.«

»Warum dann?!«

»Warum wohl? Der Verräter hat fünf Enzyklopädien gelesen und kapiert immer noch nicht, wodurch er sich schuldig gemacht hat. Sollen wir es ihm erklären? Was meinst du dazu, Chita? Sollen wir ihm die Augen ein bisschen öffnen? Ja? In Ordnung. Denn wir sind keine Nazis. Dieses Gericht ist für die Begründung seiner Urteile. Also. Es ist, weil du, Profus, Sympathien für den Feind hast. Einen Feind zu mögen, Profus, ist schlimmer als Informationen auszuplaudern. Schlimmer als Kämpfer ans Messer zu liefern. Schlimmer als singen. Schlimmer als ihm Waffen zu verkaufen. Sogar schlimmer als überzulaufen, um auf seiner Seite zu kämpfen. Einen Feind zu lieben, Profus, ist der Gipfel des Verrats. Komm, Chita. Wir gehen. Gleich beginnt die Ausgangssperre. Und es ist auch nicht gesund, dieselbe Luft zu atmen wie ein Verräter. Von diesem Augenblick an, Chita, bist du der stellvertretende Befehlshaber. Nur halt die Klappe.«

(Ich? Steven Dunlop? Mein ganzer Bauch sackte ab, alles was sich in ihm befand, wurde weit nach unten gerissen, als ginge es in den Tiefen eines Brunnens unter. Als ob es in meinem Bauch noch einen Bauch gäbe, einen Abgrund, und alles strebte auf ihn zu. Ihn mögen? Ihn? Das war eine Lüge. Und das sollte der Gipfel des Verrats sein? Wie konnte Mutter dann behaupten: Wer liebt, ist kein Verräter?)

Ben Hur und Chita waren schon weit weg. Da befreite sich aus meinem Innern ein Schrei: »Ihr Idioten! Ihr Schwachköpfe! Schließlich hasse ich diesen Dunlop, dieses Quallengesicht! Ich hasse ihn! Er widert mich an! Ich verachte ihn!«

(Verräter. Lügner. Niederträchtiger.)

Unterdessen hatte sich das Wäldchen geleert. Der Generalstab war untergetaucht. Bald würde die Dunkelheit hereinbrechen und die Ausgangssperre beginnen. Ich würde nicht nach Hause zurückkehren. In die Berge würde ich gehen, zu einem Bergjungen werden. Allein würde ich dort leben. Für immer und ewig. Zu niemandem gehörend und deshalb kein Verräter. Denn zum Verräter wird, wer dazugehört.

Es wisperte in den Kiefern und es rauschte in den Zypressen: Schweig, Niederträchtiger.

14

Dies waren die Wege, die mir, nach der Eskalationsstrategie für Krisensituationen, einer Methode, die ich von Vater hatte, offen standen. Ich schrieb sämtliche Möglichkeiten auf eines der freien Kärtchen von der Pultecke: 1) Chita an Land ziehen (Briefmarken? Münzen? Oder Krimi in Fortsetzungen?) und in einer Abstimmung Ben Hur von seinem Amt als Chef des Generalstabs-Hauptquartiers stürzen. 2) Spaltung. Eine neue Untergrundorganisation gründen und mit neuen Kämpfern besetzen. 3) In die Sanhedria-Höhlen flüchten und dort verharren, bis meine Unschuld offenkundig geworden war. Oder Sergeant Dunlop die ganze Geschichte erzählen, nun, da ich nichts mehr zu verlieren hatte, und Ben Hur und Chita würden ins Gefängnis wandern, mich aber würde man nach England schmuggeln, damit ich dort mit neuer Identität ein neues Leben beginnen könnte. Dort, in England, würde ich Beziehungen knüpfen, mich mit Ministern und dem König anfreunden, bis sich die Gelegenheit bot, die Machthaber mitten im Herzen zu verwunden und unser Land aus ihren Händen zu befreien. Ich allein. Und dann würde ich Ben Hur und Chita vor Verachtung triefende Amnestie gewähren.

Oder auch nicht.

Es war besser abzuwarten.

Ich würde mich mit eiserner Geduld wappnen und nur ein scharfes Auge offen halten. (Bis heute gebe ich mir manchmal derartige Ratschläge. Erteile sie, ohne sie zu befolgen.)

Ich würde kaltblütig warten. Wenn Ben Hur danach trachtete, mir Schaden zuzufügen, ich würde es durchstehen. Auf keinen Fall würde ich einen Schritt unternehmen, der zur Schwächung des Untergrunds oder gar zu seiner Spaltung führen könnte. Nach dem Racheakt oder der Strafe (was konnten sie mir schon antun?) würden sie mich wahrscheinlich zur Rückkehr auffordern: Denn was waren sie schon ohne mich? Jeder von ihnen ein Golem ohne Geist und Verstand. Mob. Eine zuckende Henne ohne Kopf. Aber ich würde mich mit meiner Einwilligung nicht beeilen. Ich würde sie ein bisschen zappeln lassen. Damit sie mich anflehten. Damit sie um Verzeihung baten. Damit sie zugaben, dass sie mir unrecht getan hatten.

»Vater«, fragte ich am Abend, »was würden wir tun, wenn die Briten, zum Beispiel der Hochkommissar oder der König höchstpersönlich, kämen und zugeben würden, dass sie uns unrecht getan haben? Und darum bäten, dass wir ihnen verzeihen?«

Mutter sagte: »Natürlich würden wir ihnen verzeihen. Wieso nicht? Da hast du einen schönen Traum geträumt.«

»Zuerst würden wir sieben Mal prüfen müssen«, sagte Vater, »ob Albion keine sieben Gräuel in seinem Herzen hegt. Den Engländern ist alles zuzutrauen.«

»Und wenn die Deutschen kommen würden und uns um Verzeihung bäten?«

»Das ist schwierig«, sagte Mutter, »das braucht Zeit. Allenfalls nach vielen Jahren. Du wirst es vielleicht können. Ich nicht.«

Vater war in Gedanken versunken. Am Ende seiner Überlegungen berührte er meine Schulter und sagte: »Solange wir Juden hier schwach und gering an der Zahl sind, werden Albion und alle nicht jüdischen Völker sich weiterhin den Arabern anbiedern. Wenn wir Stärke erlangen, wenn wir zahlreich und gewappnet sein werden, ist es in der Tat denkbar, dass sie um unsere Gunst werben werden. Briten, Deutsche, Russen, die ganze Welt wird kommen, um uns Serenaden zu singen. An jenem Tag werden wir sie alle mit Höflichkeit empfangen. Ihre ausgestreckten Hände werden wir nicht abweisen, aber wir werden ihnen auch nicht um den Hals fallen nach dem Motto, ich bin Josef, euer Bruder. Im Gegenteil. Sei höflich, aber Vorsicht ist die Mutter der Weisheit. Und im Übrigen ist es besser für uns, uns nicht mit den Völkern Europas zu verbünden, sondern just mit unseren arabischen Nachbarn. Schließlich ist Ismael unser einziger Blutsverwandter. All dies ist gewiss Zukunftsmusik, liegt womöglich in sehr weiter Ferne. Erinnerst du dich an den Trojanischen Krieg? Über den wir im Winter zusammen gelesen haben? An den bekannten Spruch: ›Sei vorsichtig mit Geschenke tragenden Griechen‹? Also, anstelle der Griechen füge bitte Briten ein. Und was die Deutschen angeht, wenn sie sich nicht selbst vergeben werden, kann es sein, dass wir es vielleicht einmal tun werden. Sollte es sich jedoch herausstellen, dass sie sich selbst vergeben, dann verzeihen wir ihnen nicht.«

Ich gab nicht auf: »Aber zum guten Schluss werden wir unseren Feinden vergeben, oder nicht?«

(In diesem Augenblick hatte ich ein Bild vor Augen, deutlich, greifbar, mit allen Einzelheiten: Vater, Mutter, Sergeant Dunlop sitzen hier bei uns, in diesem Zimmer, am Vormittag des Schabbat. Sie trinken Tee und unterhalten sich auf Hebräisch über die Bibel und über archäologische Stätten in Jerusalem, sie führen in lateinischer oder altgriechischer Sprache Debatten über die Geschenke tragenden Griechen. Und auch Jardena und ich sind in der Ecke des Bildes. Sie spielt die Klarinette, und ich liege auf der Strohmatte, nicht weit von ihren Füßen, ein glücklicher Panther im Keller.)

Mutter sagte: »Ja. Wir werden verzeihen. Nicht zu verzeihen ist wie ein Gift.«

Ich musste mich aufmachen, losrennen und Jardena um Verzeihung bitten für das, was ich von ihr, ohne es zu wollen, beinahe nicht gesehen hatte. Für Gedanken, die mir seit damals kamen. Aber wie sollte ich es anstellen? Um sie um Verzeihung zu bitten, musste ich ihr erzählen, was geschehen war, und das Erzählen an sich war gewissermaßen auch ein Verrat. So dass das Bitten um Verzeihung eigentlich ein Verrat am Verrat wäre? Verworren. Annulliert ein Verrat am Verrat den Verrat? Oder verdoppelt er ihn gerade? Das ist die Frage.

15

Einen verletzten Untergrundkämpfer durfte man unter keinen Umständen in ein Krankenhaus bringen, denn das Krankenhaus war der erste Ort, an dem die Mandatspolizei im Anschluss an jede Aktion auf verwundete Kämpfer Jagd machte. Darum hatte der Untergrund geheime Stationen zur Versorgung von Verletzten eingerichtet, und eine dieser Stationen war unsere Wohnung, denn Mutter hatte nach ihrer Ankunft im Land am Hadassa-Krankenhaus eine Ausbildung als Krankenschwester begonnen. (Allerdings hatte sie nur zwei Jahre Lehre absolviert. Denn im zweiten Jahr hatte sie geheiratet und im dritten war ich geboren worden und hatte somit zum Abbruch ihrer Ausbildung geführt.)

In einem Schränkchen im Badezimmer gab es eine verschlossene Schublade, nach deren Inhalt ich nicht fragen durfte und von der ich nicht einmal zur Kenntnis nehmen durfte, dass sie dauernd zugesperrt war. Aber einmal, als meine Eltern bei der Arbeit waren, öffnete ich sie behutsam (mit einem gebogenen Eisendraht) und entdeckte einen Vorrat an Pflastern, Verbänden und Spritzen, Schachteln mit verschiedenen Pillen, Gläser, verschlossene Fläschchen, verschiedene ausländische Salben. Und ich wusste, wenn ich irgendwann nachts während der Ausgangssperre ein leises Kratzen an der Tür hören würde, auf das gedämpfte Geräusche folgten, Flüstern, das Zischen eines Streichholzes an der Reibfläche der Schachtel, das Pfeifen kochenden Wassers im Kessel, dann war es meine Aufgabe, mein Zimmer nicht zu verlassen. Die Ersatzmatratze nicht zu sehen, die auf dem Boden im Flur zu Füßen der großen Karten ausgebreitet würde und in der Frühe verschwand, als wäre sie nie dagewesen. Als ob ich einen Traum geträumt hätte. Denn unter den Pflichten des Menschen im Untergrund gab es einen besonderen Platz für die schwere Aufgabe, nichts zu wissen.

Vater war im Dunkeln nahezu blind, deshalb kam er nicht in die Verlegenheit, bei Nacht Stellungen und Polizeifestungen zu stürmen. Aber er hatte eine besondere Aufgabe: scharf formulierte Aufrufe in Englisch zu verfassen, gegen das perfide Albion, das sich vor der ganzen Welt verpflichtet hatte, uns bei der Schaffung einer Heimat in diesem Land behilflich zu sein, und das uns zynisch verraten hatte und nun den Arabern half, uns zu vernichten. Ich fragte Vater, was zynisch verraten bedeutete. (Wenn er mir ein Fremdwort erklärte, sah Vater stets verantwortungsbewusst aus, konzentriert wie ein Wissenschaftler, der eine kostbare Flüssigkeit von einem Reagenzglas in ein anderes gießt.)

Er sagte: »Ein zynischer Verrat, das heißt ein kalter, berechnender Verrat. Utilitaristisch. Der Zynismus selbst kommt von dem Begriff Kyon, dem altgriechischen Wort für Hund. Bei Gelegenheit werde ich dir erklären, wie der Zynismus mit dem Hund zusammenhängt, der normalerweise gerade als Symbol der Loyalität gilt. Das ist eine ziemlich lange Geschichte, die von der Undankbarkeit der Menschheit gegenüber den Tieren zeugt, die ihnen am meisten Nutzen bringen: der Hund, das Maultier, das Pferd, der Esel, die in unserem Munde zu Schimpfwörtern wurden, während den Raubtieren, unseren Feinden, dem Löwen, dem Tiger, dem Wolf und sogar dem Aas fressenden Adler in den meisten Sprachen unverdient Ehre zuteil wird. Auf jeden Fall, um zu deiner Frage zurückzukommen, ein zynischer Verrat ist ein Verrat, der kaltblütig ist. Ein Verrat ohne Moral und ohne Gefühl.«

Ich fragte (nicht Vater, sondern mich selbst): Gibt es auf der Welt einen Verrat, der nicht zynisch ist? Nicht utilitaristisch und nicht berechnend? Gibt es einen Verräter, der nicht niederträchtig ist? (Heute scheint mir, es gibt sie.)

In den Aufrufen des Untergrunds, die Vater in Englisch verfasste, wurde das perfide Albion der Fortsetzung der Nazi-Verbrechen beschuldigt, des Verkaufs der Resthoffnung eines Volkes, das seine Kinder verloren hat, für arabisches Öl und militärische Stützpunkte im Orient:

»Das Volk von Milton und Lord Byron muss wissen, dass das Öl, von dem es sich im Winter wärmen lässt, mit dem vergossenen Blut der letzten Verbliebenen des verfolgten Volkes vermischt ist.« Oder: »Die britische Arbeiterregierung schmeichelt korrupten arabischen Herrschern, die nicht aufhören zu jammern, dass ihnen der Lebensraum vom Atlantischen Ozean bis zum Persischen Golf, vom Ararat im Norden bis zur Meerenge von Bab Al-Mandab, die sich im hintersten Jemen befindet, zu eng ist.« (Ich sah auf der Landkarte nach: In der Tat war dort genügend Platz. Unser Land war nur ein winziger Punkt in den Weiten Arabiens. Ein Stecknadelkopf im britischen Imperium.) Wenn wir den Bau unserer Rakete erst abgeschlossen hatten, würden wir sie auf den Königspalast inmitten der Stadt London richten, und damit würden wir sie zwingen, unser Land zu verlassen. (Und was würde mit Sergeant Dunlop geschehen? Der die Bibel und unser Volk liebte? Er würde eine Genehmigung erhalten hier zu bleiben, als besonderer Ehrengast der Regierung des hebräischen Staates. Ich würde mich darum kümmern. Ich würde ein Empfehlungsschreiben für ihn verfassen.)

Nachts, während seiner Forschungen über die Geschichte der Juden in Polen, pflegte Vater solche Aufrufe zu formulieren und darin Zeilen der englischen Literatur zu zitieren, um ihre Herzen wachzurütteln. Am Morgen, auf seinem Weg zur Arbeit, übergab er die Seite, die zwischen Zeitungsblättern verborgen lag, seinem Verbindungsmann (dem Burschen, der wie ein Kranich aussah, dem Laufburschen aus dem Laden der Brüder Sinopski). Von dort wurden die Aufrufe zur geheimen Druckerei (im Keller der Familie Kolodani) gebracht. Nach ein, zwei Tagen erschienen sie auf den Hauswänden, den Strommasten, mitunter sogar auf den Mauern der Polizeistation, in der Sergeant Dunlop diente.

Wenn die Mandatspolizei Mutters Medikamentenschublade oder Vaters Aufruf-Entwürfe fände, würden beide in eine Zelle in Migrasch Harussim eingelocht, und ich würde allein zurückbleiben. Würde in die Berge gehen, um das Leben eines Bergjungen zu führen.

Im Edison lief ein Film über eine Bande von Münzfälschern: eine ganze Familie, Brüder, Cousins und Schwiegersöhne. Als ich vom Kino nach Hause kam, fragte ich Mutter, ob wir auch eine Familie seien, die das Gesetz umging?

Mutter sagte: »Was haben wir verbrochen? Haben wir gestohlen? Betrogen? Oder, Gott behüte, Blut vergossen?« Und Vater: »Zweifellos nein. Im Gegenteil: Das britische Gesetz ist wahrhaftig nicht rechtens. Ihre Herrschaft über unser Land stützt sich auf Ausbeutung und Lüge, denn die Völker der Welt haben ihnen Jerusalem auf Grund ihrer Verpflichtung, hier ein Haus für das Volk Israel zu errichten, übergeben, und nun hetzen sie die Araber auf, dieses Haus zu zerstören, und sind ihnen sogar dabei behilflich.« Während er sprach, brannte der Zorn in seinen blauen, hinter seinen Brillengläsern groß gewordenen Augen. Zwischen Mutter und mir huschte in diesem Moment ein geheimnisvolles Lächeln hin und her, denn Vaters Zorn war ein literarischer Zorn, ein sanfter Zorn. Um die Briten zu verjagen und die arabischen Armeen zurückzustoßen, brauchte man einen anderen Zorn, einen wilden, der nichts mit Worten zu tun hatte, einen besonderen Zorn, der in unserem Haus und in unserem Stadtteil nicht zu finden war. Vielleicht nur in Galiläa, in den Tälern, den Kibbuzim am Ende des Negev, in den Bergschluchten, in denen Nacht für Nacht die Kämpfer des echten Untergrunds trainierten, dort braute sich womöglich mehr und mehr der richtige Zorn zusammen. Von dem wir nicht wussten, wie er war, aber von dem wir ahnten, dass wir ohne ihn alle verloren sein würden. Dort, in den Wüsten, in der Arava, in den Ausläufern des Karmel-Gebirges, in dem glühenden Bet-Schean-Tal, wuchsen neue Juden heran, nicht bleich und kurzsichtig wie die bei uns, sondern braun gebrannt und kräftig, Pioniere, quellend vor Wut von der tatsächlich vernichtenden Sorte. Die Wut der mit Füßen getretenen Gerechtigkeit, die zuweilen in Vaters Brillengläsern funkelte, pflegte zwischen mir und Mutter eine Art Lächeln ohne Mundbewegung auszulösen. Weniger als ein Augenzwinkern. Einen verschwörerischen Bund, einem Untergrund im Untergrund gleich, als ob sie für den Bruchteil einer Sekunde in meiner Gegenwart eine verbotene Schublade öffnete. Als ob sie mir zu verstehen geben wollte, dass in diesem Zimmer zwar zwei Erwachsene und ein Kind waren, aber zumindest in ihren Augen nicht unbedingt ich das Kind war. Auf jeden Fall nicht die ganze Zeit. Ich ging auf sie zu und umarmte plötzlich fest ihre Schultern, während Vater die Pultlampe anknipste und sich niederließ, um noch mehr Fakten über die Geschichte der Juden in Polen zusammenzutragen. Und warum wurde die Süße auch jenes Augenblicks mit der Bitterkeit der kreischenden Kreide vermischt, dem Geschmack des faden Verrats?

Sofort beschloss ich, ihnen alles zu erzählen: »Ich bin fertig mit Ben Hur und Chita. Wir sind keine Freunde mehr.«

Vater, mit dem Rücken zu uns, das Gesicht den Hügeln der aufgeschlagenen Bücher auf seinem Pult zugewandt, fragte: »Und was hast du angestellt? Wann wirst du endlich lernen, deinen Freunden die Treue zu halten?«

Ich sagte: »Wir haben uns gespalten.«

Vater drehte sich auf seinem Stuhl um und sagte mit seiner sicheren Stimme: »Spaltung. Zwischen den Söhnen des Lichts und den Söhnen der Dunkelheit?«

Und Mutter: »Da wird wieder im Dunkeln geschossen. Es hört sich sehr nah an.«

16

Ich erwähnte bereits an anderer Stelle, wie sehr mich Menschen wie Ben Hur in ihren Bann ziehen, Menschen, die immerfort durstig sind: Menschen, deren Durst nichts auf der Welt stillen kann, da er unlöschbar ist, denen der Durst die schlummernde Brutalität einer Katze verleiht, die kalte Macht halb geschlossener Lider. Und wie Davids Helden in der Bibel verspüre ich stets aufs Neue den merkwürdigen Drang, mich aufzumachen und alles, was ich besitze, für sie aufs Spiel zu setzen. Mich in Gefahr zu begeben, um ihnen Wasser aus den Gruben des Feindes zu schöpfen. Immer in der diffusen Hoffnung, dass es mir nach der Heldentat vergönnt sein wird, aus dem Mundwinkel des Geparden die ersehnten Worte zu hören: »Du bist ganz in Ordnung, Profus.«

Neben den durstigen Geparden gibt es eine weitere Spezies Menschen, die mich anzieht, solche, die scheinbar das vollkommene Gegenteil von Geparden sind, wobei dennoch eine Gemeinsamkeit zwischen beiden besteht, die sich nicht näher bestimmen lässt, jedoch offenkundig ist. Ich meine die Sorte Menschen, die sich in einem fort in verlorenem Zustand befinden. Wie Sergeant Dunlop zum Beispiel. Damals und auch jetzt, da ich diese Geschichte aufschreibe, nehme ich immer eine Art rührenden Charme an diesen verlorenen Menschen wahr, die durch die Welt wandeln, als wäre sie eine fremde Bushaltestelle in einer unbekannten Stadt, an der sie irrtümlich ausgestiegen sind, und sie haben nicht die geringste Ahnung, wie sie sich dorthin verirrten, wie sie da herauskommen sollen und wohin.

Er war recht breit und hoch gewachsen, ein massiger, fülliger, jedoch weicher Mann. Ein wenig knorpelig. Trotz der Uniform und der Pistole, der Dienstabzeichen auf seinem Arm, trotz des Glitzerns der versilberten Schulternummern, der schwarzen Schirmmütze, trotz all dieser Attribute ähnelte er einem Menschen, der in diesem Augenblick vom Licht in die Dunkelheit überging oder, im Gegenteil, vom Dunkeln in ein grelles Licht trat.

Als ob ihm irgendwann ein teures Gut verloren gegangen wäre und er nicht die leiseste Ahnung hätte, was dieses Gut war, wie es aussah und was er mit ihm tun würde, wenn er es wiederfände. So wanderte er stets durch die inneren Kammern seiner selbst, durch Flure, Keller, Abstellräume, und auch wenn seine Füße an das Verlorene stießen, wie sollte er es erkennen? Er würde an ihm vorübergehen, müde, und die Suche fortsetzen. Er würde mit seinen großen Schuhen weiterstampfen, sich entfernen und sich mehr und mehr verlieren. Ich vergaß nicht, dass er den Feind verkörperte, und dennoch spürte ich ein gewisses Bedürfnis, ihm meine Hand zu reichen. Nicht um sie zu schütteln, sondern um ihn an die Hand zu nehmen wie ein Kind. Oder wie einen Blinden.

Fast Abend für Abend schlich ich mich zum Café Orient Palace, das Buch »Englisch für Schüler in Übersee« und die Hefte »Unsere Sprache für den Einwanderer und den Pionier« unterm Arm. Es war mir längst gleichgültig, ob der Gepard und sein Knecht fortfuhren, mich durch die Gassen zu verfolgen oder nicht.

Denn was hatte ich noch zu verlieren?

Ich durchquerte eilig den ersten, den verruchten Saal, durchschnitt den Rauch der Zigaretten und den Dunst der Bierrülpser, überhörte das grobe Lachen, erstickte die Leidenschaft meiner Fingerspitzen, einen Augenblick lang den grünen Filz auf dem Billardtisch zu berühren, sah den Ausschnitt der jungen Frau nicht, die sich über den Tresen beugte, gradlinig, mit der Entschlossenheit eines abgeschossenen Pfeils, passierte ich die Wirtsstube und landete an unserem Tisch.

Oft stellte es sich heraus, dass ich umsonst gekommen war, denn er war nicht da, obgleich wir verabredet waren. Zuweilen vergaß er es schlichtweg. Mitunter vertat er sich. Und es kam auch vor, dass er seinen Buchführungstag im Polizeilohnbüro beendete und man ihn plötzlich mit irgendeiner Feldmission beauftragte: am Eingang der Postfiliale Wache zu schieben oder Papiere am Grenzposten zu überprüfen. Und es passierte auch – den Hinweis gab er mir –, dass man ihn mit Arrest bestrafte, weil er zu spät salutiert hatte oder sein einer Schuh für weitaus polierter befunden wurde als sein anderer.

Wer hat, im Leben oder im Film, je einen zerstreuten Feind gesehen? Oder einen schüchternen? Sergeant Dunlop war ein zerstreuter Feind und allem voran war er überaus schüchtern. Einmal fragte ich ihn, ob er in seiner Stadt, in Canterbury, eine Frau und Kinder habe, die auf seine Heimkehr warteten. (Damit zielte ich unter anderem darauf ab, ihm, ohne ihn zu beleidigen, einen Fingerzeig zu geben, dass die Zeit zweifellos reif war, endlich unser Land zu verlassen, zu unserem eigenen Wohl und auch zu ihrem.) Sergeant Dunlop war über die Frage erstaunt, sein schwerer Kopf zog sich zwischen seine Schultern zurück wie der einer Schildkröte, die man in Angst und Schrecken versetzt hat. Seine wuchtigen, sommersprossigen Hände begannen verwirrt zwischen seinen Knien und dem Tisch hin- und herzuhasten, wobei er überall rot anlief, von den Wangen bis zur Stirn und zu den Ohren, wie ein auseinander laufender dunkler Weinfleck auf einer weißen Tischdecke. Er begann sich in seinem Porzellanhebräisch ausgiebig zu entschuldigen, dass er gegenwärtig immer noch »dahingehe ohne Nachkommen«, obgleich der gütige Gott ausdrücklich in dem Buch der Bücher gesagt habe, »es sei nicht gut, dass der Mensch allein sei«.

Es kam vor, dass ich Sergeant Dunlop an unserem gewohnten Tisch sitzend und auf mich wartend antraf, die Zipfel seines Uniformhemdes spickten aus der Hose, und sein überbordender Bauch bedeckte die glänzende Gürtelschnalle, ein fettleibiger, schlaffer Mensch. Bis zu meinem Erscheinen hatte er Dame gegen sich selbst gespielt. Wenn er mich bemerkte, zuckte er ein wenig zusammen, entschuldigte sich und begann, schnell alle Figuren in die Schachtel zu legen.

Dabei sagte er etwa Folgendes: »So oder so werde ich bald bezwungen werden.« Und er pflegte in einer Weise zu lächeln, die ›Bitte habt die Güte, mir keine Aufmerksamkeit zu schenken!‹ sagen wollte. Mittendrin begann er jedoch rot zu werden und es schien, dass das Rotwerden seine Verlegenheit noch förderte, sich gewissermaßen selber verdoppelte.

»Im Gegenteil«, sagte ich ihm einmal, »so oder so werden Sie gewinnen.«

Er dachte ein wenig darüber nach, verstand und lächelte mit schüchterner Süße, als ob mir eine Weisheit entfahren sei von solcher Tiefe, wie sie nie zuvor einem Weisen gekommen war.

Nach kurzem Überlegen sagte er: »Keineswegs. Denn in meinem Sieg werde ich mich selbst zusammenschlagen mit mächtigen Schlägen.«

Dennoch willigte er ein, mit mir ein Spiel zu machen, das er gewann, worauf er von einer reuevollen Verlegenheit erfüllt wurde und sich zu rechtfertigen begann, als ob er mit seinem Sieg über mich eigenhändig den Sünden der britischen Unterdrückungsmacht eine weitere hinzugefügt hätte.

In den Englischstunden bat er bisweilen um Vergebung für das Wirrwarr der verschiedenen Zeitenfolgen in seiner Sprache und für die Vielzahl von Ausnahmen. Es schien, dass er nur sich selbst und seiner Nachlässigkeit die Schuld dafür gab, wenn man in der englischen Sprache zwischen Trinkglas und Fensterglas, Tabelle und Tisch, leiden und Bär, heiß und scharf, Datum und Dattelpalme nicht unterscheiden konnte. Umgekehrt fragte er in den hebräischen Unterrichtsstunden ängstlich, wenn er mir die Hausaufgaben zum Nachsehen reichte, die ich ihm aufgegeben hatte: »Nun? Ein Törichter kann es nicht? Und ein Narr begreift es nicht?«

Wenn ich seine Hausarbeiten lobte, pflegten die Kinderaugen zu leuchten, und ein kleines Lächeln verschämter, rührender Bescheidenheit keimte und zitterte auf seinen Lippen, glitt auf seine runden Wangen, schien sich unter seiner Uniform zu verzweigen und sich längs und quer über seinen Körper fortzusetzen. Und er murmelte: »Ich bin zu gering für dieses Halleluja.«

Gelegentlich, mitten im Unterricht, vergaßen wir unser Anliegen und vertieften uns in ein Gespräch. Es kam vor, dass er sich dazu hinreißen ließ, mir Klatsch aus dem Leben der Garnison zu erzählen, und er kicherte, als sei er selbst über die Verwegenheit, die da aus ihm sprudelte, verblüfft. Wer untergrub da wessen Stellung, wer hortete Süßigkeiten und Zigaretten, wer wusch sich nie, wer wurde Bier trinkend in der Messe gesehen, in Gesellschaft seiner Schwester, die vielleicht doch nicht ganz seine Schwester war.

Wenn wir über die politische Lage sprachen, verwandelte ich mich in einen zürnenden Propheten, und er nickte mit dem Kopf und meinte nur »wahrlich« oder »o weh«.

Einmal sagte er: »Das Volk der Propheten. Das Volk der Bibel. Möge es zu seiner Heimstätte gelangen, ohne unschuldiges Blut zu vergießen.«

Es kam vor, dass sich das Gespräch um die biblischen Geschichten drehte, und dann war ich es, der zuhörte, mit aufgerissenem Mund, während er mich mit Anschauungen überraschte, auf die Serubbabel Gichon nicht mal im Traum gekommen wäre. Es stellte sich zum Beispiel heraus, dass Sergeant Dunlop König David nicht mochte, wenngleich er auch Mitleid mit ihm empfand. In seinen Augen war David ein Dorfjunge, der dazu bestimmt war, Dichter und verliebt zu sein, und dem der gütige Gott mit einem Königreich in die Quere kam, das nicht gut für ihn war und ihn zu einem Leben voller Kriege und Intrigen verdammte. Es sei nicht verwunderlich, dass am Ende seiner Tage derselbe böse Geist, der über Davids Vorgänger Saul – den besseren von beiden – gekommen war, David selbst in Angst und Schrecken versetzte. Schließlich hatten Schaf- und Eselhirte ein Los und unterlagen einem Urteil.

Sergeant Dunlop sprach über sie, über Saul und David, Michal und Jonathan, Absalom und Joab im Tonfall leichter Ungläubigkeit, als ob auch sie hebräische Burschen des Untergrunds wären, als ob er auch mit ihnen irgendwann im Café Orient Palace sitzen, aus ihrem Mund Hebräisch lernen und ihnen im Gegenzug ein paar philistrische Sprachkenntnisse beibringen würde. Zu Saul und Jonathan fühlte er sich hingezogen, war voller Mitgefühl für sie, und mehr als alle anderen liebte er Michal, Sauls Tochter, die bis zum Tag ihres Todes kein Kind hatte, er liebte auch ihren Ehemann, Paltiel, den Sohn des Lajisch, der Michal weinend gefolgt war, bis er von Abner verjagt wurde, und so für eine Weile weinend seiner Frau, die eigentlich nicht seine Frau war, hinterhergelaufen war, und der sodann von der Bildfläche und aus der Geschichte verschwand.

Aber bis auf Paltiel, dachte ich, begingen nahezu alle Verrat: Jonathan und Michal verrieten ihren Vater Saul. Joab und die anderen Söhne des Zeruja, der schöne Absalom, Amnon und Adonia, Sohn der Haggith, allesamt waren sie Verräter, und der größte unter ihnen war David, der König von Israel, dessen Leben und Existenz wir besangen. Alle wirkten, wie Sergeant Dunlop über sie sprach, ein wenig lächerlich, fiebrig, erbärmlich, gerade so wie die Polizeioffiziere, über die er mir Einzelheiten ausplauderte – dieser ist neidisch, jener schmeichelt sich ein, jene ist misstrauisch. Alle schienen in seinen Geschichten wie in ein verlogenes Netz von Liebe und Leidenschaft, Neid und Intrigen, Macht und Rachegelüsten verstrickt. (Da sind sie wieder, jene Dürstenden, Lechzenden, jene ausgedörrten Geparden, deren Durst nichts und niemand auf der Welt löschen kann. Nie und nimmer. Jäger und Gejagte. Blind. Sie graben eine Grube und fallen selbst hinein.)

Vergeblich suchte ich in meinem Herzen nach einer Antwort, die die Ehre König Davids und Serubbabel Gichons und – im Grunde – die Ehre unseres Volkes retten würde. Ich spürte, dass es meine Pflicht war, in diesen Gesprächen irgendetwas vor dem zu verteidigen, was ihm durch Sergeant Dunlop widerfuhr. Aber was war es, das es zu verteidigen galt? Ich wusste es damals nicht (und auch heute weiß ich es nicht mit Gewissheit). Und dennoch gehörte ihnen mein Herz, dem verlassenen und betrogenen Saul, über den Samuel wegen Verrats Gericht hielt und den er verurteilte, mit seiner Krone und seinem Leben dafür zu bezahlen, dass er kein Herz aus Stein hatte. Michal und Jonathan, deren Herz sich mit dem des Feindes ihrer Familie verband, so dass sie nicht zögerten, ihren Vater und sein Königreich zu verraten und dem Geparden zu folgen. Sogar David tat mir Leid. David, der verräterische König, der all seinen Lieben die Treue brach und dem von fast allen die Treue gebrochen wurde.

Warum konnten wir uns nicht einmal gemeinsam im Hinterzimmer vom Café Orient Palace versammeln, Sergeant Dunlop, Mutter, Vater, Ben Gurion, Ben Hur und Jardena, Mufti Hadsch Amin, Lehrer Gichon und die Befehlshaber des Untergrunds, Herr Lazarus und der Hochkommissar, wir alle, auch Chita, seine Mutter und die beiden abwechselnden Väter, zwei, drei Stunden miteinander reden, endlich einander verstehen, ein wenig nachgeben, uns versöhnen, verzeihen? Zusammen an die Ufer des Flusses treten und nachsehen, ob der abgetriebene blaue Laden wieder mit der Strömung zurückgetragen wurde?

»Es mag für heute genügen«, pflegte Sergeant Dunlop meine Träume zu unterbrechen. »Wir werden morgen zurückkehren, im Schweiße unseres Angesichts werden wir uns Weisheit zufügen, möge Gott uns Leid ersparen.«

Damit trennten wir uns ohne Händeschütteln, denn er hatte längst begriffen, dass es mir unmöglich war, die Hand des fremden Eroberers zu berühren. Wir begnügten uns also mit einem Kopfnicken, zur Begrüßung und auch zum Abschied.

Welche waren die geheimen Informationen, die auszukundschaften es mir, dank dieser Verbindung, gelang?

Nicht viele. Ein Quäntchen hier, ein Quäntchen dort.

Etwas über die Schlafordnung in der befestigten Polizeikaserne.

Etwas (allerdings nicht Unwesentliches) über die nächtliche Wachablösung.

Private Beziehungen zwischen den Offizieren. Den Frauen der Offiziere. Ein paar Einzelheiten aus dem Alltag der Garnison.

Und noch eine Sache, in der man vielleicht keinen Erfolg der Spionage sehen kann und die ich dennoch niederschreiben möchte. Einmal sagte mir Sergeant Dunlop, dass, wie er es sehe, nach Ablauf des britischen Mandats ein hebräischer Staat entstehen würde und sich die Worte der Propheten erfüllten, genau wie es in der Bibel stünde, und dennoch tue es ihm Leid für die Völker Kanaans, das heißt für die Araber des Landes und vor allem für die Bewohner der Dörfer. Er sei überzeugt, dass sich die Juden nach Abrücken der britischen Armee erheben und ihre Feinde besiegen würden, die steinernen Dörfer würden verfallen, Felder und Obstgärten würden zu Tummelplätzen für Schakale und Füchse, die Brunnen würden versiegen, Bauern, Ackersleute, Olivenpflücker, die maulbeerzüchtenden Hirten, die Eselinnenführer und die Hüter der Herden würden samt und sonders in die Wüste getrieben. Vielleicht seien sie auf Wunsch des Erschaffers dazu verdammt, ein verfolgtes Volk zu sein, anstelle der Juden, die endlich in ihre Heimat zurückkehrten. »Die Wege des Herrn sind mir zu hoch«, sagte Sergeant Dunlop traurig und wie mit leichter Überraschung, als ob er plötzlich zu einer Schlussfolgerung gekommen wäre, die immer dagewesen und die ganze Zeit nur auf ihn gewartet hätte: »Wen der Herr liebt, den weist er zurecht, und lieben wird er, was er entwurzelt.«

17

In unserem Viertel ging ein Gerücht um: Die Briten würden eine allgemeine Ausgangssperre verhängen, bei Tag und bei Nacht, und sie würden Haus für Haus durchsuchen, um Untergrundkämpfer zu fassen und Waffenverstecke auszuheben.

Als Vater am Nachmittag von der Arbeit kam, bat er uns, ein paar Minuten in der Küche zusammenzukommen: »Es liegt eine gewisse Angelegenheit vor«, sagte er, »die wir ernsthaft und aufrichtig besprechen müssen.« Er schloss Tür und Fenster, setzte sich in seiner gebügelten Khakikleidung mit den großen Taschen hin und legte ein Paket von mäßigen Ausmaßen vor sich auf den Tisch, das in braunes Papier gewickelt war. »In diesem Paket«, sagte er, »befindet sich ein Gegenstand – oder vielleicht ist es richtiger, von Gegenständen zu sprechen –, die man uns zu verstecken gebeten hat, bis die Gefahr vorüber ist. Zweifellos ist anzunehmen, dass die Durchsuchungen uns nicht verschonen werden, aber es gibt Menschen, die der Meinung sind, in unserer Wohnung finde sich leichter ein Versteck für dieses Objekt oder diese Objekte als anderswo. Wir sind zweifellos bereit, uns in dieser Frage zu bewähren.«

Ich dachte: Um Mutter nicht zu beunruhigen, tut er gut daran, nicht zu verraten, was in dem Paket ist. (Und was, wenn er es selbst nicht wusste? Das konnte nicht sein: Vater musste es wissen.) Ich meinerseits vermutete gleich, dass das Paket Dynamit enthielt oder TNT oder Nitroglyzerin oder viel mehr als das, einen neuen Explosivstoff, bahnbrechend, wie die Welt ihn noch nicht gesehen hatte: eine tödliche Verbindung, die bei uns in den geheimen Labors des Untergrunds entwickelt worden war. Ein Löffel davon würde genügen, um eine halbe Stadt dem Erdboden gleichzumachen.

Und ich?

Mir würde schon ein halber Löffel voll für unsere Rakete ausreichen, die in Kürze den Palast des Königs in London bedrohen würde.

Und hier war sie, die Gelegenheit, auf die ich gewartet hatte. Um jeden Preis musste ich heimlich das nötige Quantum aus dem Paket entwenden.

Wenn es mir gelang, würde die FOT bettelnd auf die Knie fallen, dass ich verzeihen und zurückkehren möge.

Ich würde ihnen durchaus verzeihen. Mit Todesverachtung. Und mich zur Rückkehr bereit erklären. Aber ich würde ein paar ernste Konsequenzen ziehen müssen: den Generalstab neu organisieren, Ben Hur auf seinen Platz verweisen, die Abteilung für Innere Sicherheit und Ermittlung auflösen und ein System entwickeln, das Willkür verhinderte und die Kämpfer vor der Gefahr interner Niedertracht schützte.

Vater sagte: »Falls und wenn bei uns eine Hausdurchsuchung durchgeführt wird, ist es zweifellos wünschenswert, dass ihr beide wisst, worum es geht, und dies aus zweierlei Überlegungen: Erstens, hier herrscht Enge und es könnte jemand an das Paket stoßen und Schaden anrichten. Zweitens, angenommen sie finden das Versteck, so gibt es berechtigte Befürchtungen, dass jeder von uns einzeln vernommen wird, und ich wünsche, dass wir drei eine vorbereitete, identische Erklärung parat haben. Ohne Widersprüche.« (Die Erklärung, die Vater uns einzustudieren bat, hing mit Professor Schlossberg zusammen, der ohne Nachkommen das Stockwerk über uns bewohnt hatte und im letzten Winter verstorben war. In seinem Testament hatte der Professor Vater fünfzig oder sechzig Bücher vermacht. Unsere einhellige Antwort bei der Vernehmung würde lauten, dass das Paket in dem braunen Umschlag zusammen mit den Büchern des verstorbenen Professors in unser Haus gelangt sein musste.)

»Es wird sich um eine Notlüge handeln«, sagte Vater, und während er sprach, schauten seine blauen kurzsichtigen Augen über den Rand seiner Brille hinweg direkt in meine. Für einen Moment flackerte in seinem Blick ein rarer, schelmischer Funke auf, ein kindischer, der sich nur selten entzündete, höchstens mal wenn er uns vergnügt von der schlagfertigen Antwort erzählte, die er einem Wissenschaftler oder Schriftsteller gegeben hatte, der darauf »mit aufgerissenem Mund, als ob ihn der Blitz getroffen habe«, vor ihm stand. »Wir werden uns die Freiheit herausnehmen, diese Notlüge bei Bedarf in Anspruch zu nehmen, einzig und allein aus Gründen der Gefahr, und dennoch werden wir es bedauern, denn eine Lüge ist eine Lüge. Jederzeit. Auch eine Notlüge ist und bleibt eine Lüge. Diese Worte wirst du so gut sein, dir hinter die Ohren zu schreiben.«

Mutter sagte: »Statt ihm jedes Mal eine Predigt zu halten, wie bei der Offenbarung am Berg Sinai, nimmst du dir vielleicht lieber mal Zeit, ein wenig mit ihm zu spielen. Zumindest ein paar freundliche Worte mit ihm zu wechseln. Ein Gespräch zu führen. Erinnerst du dich? Zwei Menschen sitzen beieinander, man spricht und hört zu. Ist bemüht, einander zu verstehen.«

Vater hielt das Päckchen, drückte es mit beiden Armen an die Brust, als gelte es, einen weinenden Säugling zu beruhigen, und trug es von der Küche in das Zimmer, das den Eltern als Schlafzimmer diente, Vater als Arbeitszimmer und uns allen als Wohnzimmer. Die Wände des Raums waren ringsum, vom Fußboden bis zur Decke, mit Bücherregalen bestückt. Es blieb kein Platz für ein Bild oder sonst eine Zierde.

Vaters Bücherarmeen waren mit eiserner Logik aufgestellt, klar und deutlich in Abteilungen und Unterabteilungen gegliedert, nach ihren Themen geordnet, ihren Bereichen, Sprachen und den Initialen ihrer Verfasser. Die Hauptsäulen der Bibliothek waren die Marschalle und Generale, das heißt die erlauchten Bände, die mir stets ein Zittern der Ehrfurcht entlockten:

Kostbare Folianten, schwerfällig, in prächtige Ledereinbände gehüllt. Auf ihrem rauen Leder pflegten meine Finger hin und wieder Genuss in den Vertiefungen der gestanzten Goldlettern zu suchen und zu finden: Wie die Brust des Feldmarschalls in der Kinovorschau waren sie dekoriert mit Reihen glänzender Helden- und Ehrenzeichen. Wenn nur ein Lichtstrahl aus Vaters Tischlampe auf das Gold der gewundenen Ornamente fiel, sprang ein blendender Funke von ihnen in meine Augen, als fordere er mich auf, mich ihnen anzuschließen. Minister und Grafen waren mir diese bibliophilen Stützen, Prinzen, Herzöge, Adel.

Oben im Regal, direkt unter der Decke, schwebten die Schwadronen der leichten Reiter: Zeitschriften mit bunten Deckblättern, sortiert nach ihren Anliegen, ihren Erscheinungsdaten, Themengebieten und Herkunftsländern. In buchstäblichem Gegensatz zur gepanzerten Schwere der Feldherren steckten diese Reiter in leichten Roben von wundervoller Farbenpracht.

Um die Truppe der Feldmarschalle und Generale scharten sich ansehnliche Gruppen von Brigade- und Regimentsoffizieren, steife Bände, hart, mit energischen Schultern, in Einbänden aus festem Gewebe, verstaubt, ein wenig verblichen, wie mit Schweiß und Erde getränkte Tarnanzüge oder wie alter Fahnenstoff, von Schlachtfeld und Fron gestählt. Da waren ferner ein paar Bücher, zwischen deren Stoffeinband und Korpus ein schmaler Riss klaffte, etwa wie die Spalte zwischen dem Kleid und der jungen Frau, die sich im

Café Orient Palace über den Tresen beugte. Wenn ich hineinlugte, nahm ich nichts als wohlriechende Dunkelheit wahr, und es schlug mir ein leichter Anflug des Dufts von dem Buchkörper entgegen, dumpf, packend und unnahbar zugleich.

Geringer als die Offiziersbände in den Stoffeinbänden waren hundert und aberhundert gewöhnliche Bücher in derben Kartondeckeln, den Geruch harschen Klebstoffs verströmend, das war die Masse der graubraunen gemeinen Soldaten der Bibliothek. Geringer noch als diese gemeinen Soldaten war in meinen Augen der Mob der Milizen, die nur zum Teil zum stehenden Heer gehörten: ungebundene Scharteken, deren Blätter mit schlaffem Gummiring zwischen zwei Pappdeckeln zusammengehalten wurden oder in breitem Klebeband gefangen waren. Überdies gab es Büchermeuten, zerschlissen, in Papierhüllen gepackt, die von Mal zu Mal mehr vergilbten und auseinander fielen. Zum guten Schluss befanden sich unter diesen grauen Gesellen noch die Ärmsten der Armen, Bücher, die die Bezeichnung gar nicht verdienten, Bettler, ein schäbiges Gesindel von Heften, Beilagen, Aufsätzen, Aufrufen, die sich am Regalboden zusammenrauften, eingepfercht in die unteren Fächer, ein Haufen Hergelaufener, die, bis Vater sie zu irgendeiner Volksküche für überflüssige Drucksachen brachte, vorübergehend hier lagerten, aus Gnade und nicht auf Grund irgendwelcher Verdienste, dicht an dicht, übereinander gestapelt, und schon heute oder morgen würde der Ostwind sich ihre Leichen mit den Wüstenvögeln teilen, schon heute oder morgen, spätestens nach Einbruch des Winters, würde Vater sich Zeit nehmen, sich aufraffen, sie gnadenlos zu mustern und die Mehrzahl dieser Gnadenbrotempfänger (er benannte sie mit fremdländischen Namen: Broschüren, Gazetten, Magazine, Journale, Pamphlete) hinauszubefördern, um Platz für neues Bettelvolk zu schaffen, dessen Tage ebenfalls gezählt sein würden. (Aber Vater hatte Erbarmen mit ihnen. Immer wieder versprach er sich selbst, sie zu sortieren, zu verlesen, wegzuschaffen, aber ich glaube, dass nicht ein einziger bedruckter Bogen unser Haus je verließ, das aus allen Nähten platzte.)

Ein schwacher Geruch, verstaubt und gräulich, hing stets über all den Bücherregalen, eine Art Relikt fremdländischer Luft, asketisch und doch anziehend und erregend. Bis heute kann man mich in einen Raum voller Bücher führen, und selbst mit verbundenen Augen, sogar mit verstöpselten Ohren werde ich in der Lage sein, im Nu und mit Bestimmtheit zu sagen, dass es sich hier um ein mit Büchern vollgepacktes Zimmer handelt. Nicht mit den Nasenlöchern, sondern mit der Haut nehme ich die Düfte einer alten Bibliothek auf, diese Art würdevoller Sphäre, nachdenklich, geladen mit Bücherstaub, feiner als Blütenpollen, vermischt mit der leichten Ausdünstung des Alters, die von altem Papier ausgeht, versetzt mit dem Wohlgeruch vertrockneter und neuer Leime, darunter scharfe, bittere, zähflüssige, mandelartige oder schweißig-säuerliche, Schwindel erregende alkoholische Leime, überdies entfernte Geruchsverwandte der

Welt der Algen und des Jods und mit Andeutungen des Bleigeruchs zäher Druckfarben, dem Ruch verrotteten Papiers, zernagt von Feuchtigkeit und leichtem Schimmel, billigen, brüchigen Papiers, demgegenüber reiche Düfte, fremdländisch, betörend, gaumenkitzelnd, die von erlesenem Papier herrühren, hochglänzend und nicht von hier. Über allem der Mantel des muffigen Geruchs von Luft, die Jahr um Jahr ohne Bewegung stand, gefangen in den geheimen Spalten zwischen Bücherreihen und Wand.

Auf dem breiten, soliden Bücherregal links von Vaters Pult versammelten sich die schweren Nachschlagewerke, das Feld einer Artillerie, die sich im Hinterland der stürmenden Legionen eingegraben hat: Reihe um Reihe Enzyklopädien in mehreren Sprachen, Wörterbücher, eine riesige Bibelkonkordanz, der Atlas, Lexika, Handbücher (darunter eines mit dem Titel »Der Schlüssel der Schlüssel«, in dem ich auf verborgene Geheimnisse zu stoßen hoffte, das jedoch nur Listen tausender Bücher mit seltsamen Titeln enthielt). Enzyklopädien, Wörterbücher und Lexika gehörten nahezu ausnahmslos zu den Marschallen und Generalen, das heißt, sie waren prächtig und besaßen dicke Ledereinbände mit Goldprägung, so dass die Fingerspitzen sich danach sehnten, ihre zarte Rauheit zu befühlen, und man sich verzehrte, sowohl vor Lust, sie zu liebkosen, als auch vor Sehnsucht nach den Weiten des Wissens, das einem versagt blieb, weil es in fremde Sprachen gefasst war: wie Kreuz, Reiter, Turm, Wald, Hütte und Wiese, Kutsche und Straßenbahn, Karnies,

Veranda und Giebel, und ich, was war ich im Vergleich zu ihnen, nichts als ein hebräischer Junge, Untergrundkämpfer, dessen Leben der Vertreibung des fremden Eroberers gewidmet, dessen Seele jedoch gleichwohl der seinen zugetan war, denn auch dieser Eroberer kam aus Gegenden des Flusses und des Waldes, aus Orten, in denen Türme in die Lüfte ragten und ein Windrad sich leicht auf dem Dach drehte.

Rings um die goldenen Lettern, die auf die Ledereinbände geprägt waren, prangten Ornamente aus Blumen und Ranken, die Symbole des Verlags und der Buchreihe, die mir wie Schilder und Insignien verschiedener Königshäuser, Grafschaften, Fürstentümer, Herzogtümer und sonstiger Adelsdynastien erschienen: Unter ihnen gab es geflügelte Golddrachen, zornige goldene Löwen, die zu beiden Seiten eine geschlossene oder aufgerollte Schriftrolle hielten, eine prägnante Wiedergabe der Umrisse eines befestigten Wehrturms oder Kreuze, gewunden wie die Windungen der flüchtigen Schlange, über die wir im Bibelunterricht gesprochen hatten.

Manchmal legte Vater seine Hand auf meine Schulter und lud mich ein zu einer Führung: Hier, dies ist die seltene Amsterdamer Ausgabe. Hier, der Druck der Witwe und der Brüder. Dies ist das Symbol des Königreichs Böhmen, das aus der Welt verschwunden ist. Und dies ist ein Einband aus Hirschleder, weshalb seine Farbe rötlich ist und der rohen Fleisches ähnelt. Und hier haben wir einen Druck von unschätzbarem Wert, einen Druck aus dem Jahr 1733, möglicherweise hat dieses Exemplar in der Bibliothek von keinem Geringeren als Rabbi Mosche Chaim Luzatis gestanden, und es ist nicht auszuschließen, dass die Hände des Ramachal darin geblättert haben. Dergleichen findet sich nicht einmal in der Sammlung seltener Bücher der Nationalbibliothek auf dem Skopus-Berg, und wer weiß, vielleicht gibt es nur noch zehn Exemplare auf der ganzen Welt oder nur sieben oder noch weniger. (Wie Abraham klang Vater, wenn er diese Worte sprach, wie Abraham, der darum feilschte, wie viele Gerechte es in Sodom gab.)

Von links bis rechts standen die griechischen Bücher. Ein Geschoss darüber die lateinischen, die man auch die römischen nennen durfte. Und dort, über die gesamte Breite der nördlichen Wand, verteilte sich die slawische Welt, deren Alphabet zu lesen mir schon versagt blieb. Und hier war die Abteilung Frankreich und Spanien und dort, auf jenem Regal, düster und ernst wie in dunklen Amtstalaren, zurückgezogen im Geheimen beratend, standen die Abgesandten der germanischen Welt. (Undurchdringliche Buchstaben, verschnörkelte, »gotische Lettern«, wie Vater sie nannte, ohne weiter darauf einzugehen, und diese gotische Schrift erschien mir wie das Dickicht verwobener Pfade eines unheilvollen Labyrinths.) Dort hingegen, in einer Glasvitrine, drängte sich die Gemeinde der Väter unserer Väter (immer ohne zugehörige Mütter. Nur Väter, Vorväter): die »Mischna«, der Babylonische und der Jerusalemer Talmud, »Halacha«-Entscheidungen, »Mischniot«, Auslegungen, Liturgien, »Midraschim«,

»Mechilta« und »Sohar«, Responsa – und lexikografische Literatur, »Jore de'ah« und »Ewen ha'eser«, »Orach chajim« und »Choschen mischpat«, Glaubenslegenden, wie eine düstere Gegend, eine seltsame triste Landschaft, wie ein eng zusammengepferchter Haufen ärmlicher Hütten, von jämmerlichen Öllämpchen beleuchtet und mir gleichwohl nicht ganz fremd, schließlich handelte es sich um entfernte Verwandte, denn sogar fremde Titel wie »Tossefta« oder »Jossipon« und seltsame wie »Der gedeckte Tisch« und »Obliegenheit der Herzen« standen hier in hebräischen Buchstaben, die meine Fantasie darin beflügelten, was wohl auf diesem gedeckten Tisch stand und auf jenem Herzen lag.

Außerdem gab es die historischen Abteilungen: vier zusammenhängende Regale, dicht an dicht, in eines von ihnen hatten sich obendrein Flüchtlingsbücher gezwängt, solche, die nicht zur rechten Zeit gekommen waren, keine Ruhestatt mehr gefunden hatten und sich nun mit einer unbequemen Lage auf den Schultern ihrer Vorgänger, die ältere Rechte hatten als sie, begnügen mussten. Von den historischen Regalen waren zwei der Weltgeschichte zugedacht und zwei der Geschichte des Volkes Israel. Bei der Weltgeschichte hatte ich die Frühzeit der Menschheit entdeckt, auf dem untersten Brett den Beginn der Zivilisation (mit Zeichnungen, die einem das Herz höher schlagen ließen), darüber angeordnet die Geschichte des Altertums und über dieser die des Mittelalters (schauerliche Gemälde, Ärzte in düsteren Gewändern, die sich in den Tagen der schwarzen Pestilenz mit Masken von Dämonen und Teufeln über siechende Kranke beugen). Über ihnen, sonnenüberflutet, die Renaissance und die Französische Revolution, und weiter oben, sie berührten fast die Decke, standen die Bücher der Oktoberrevolution und der Weltkriege, die ich geflissentlich studierte, um Schlussfolgerungen aus der Analyse der Fehler zu ziehen, die früheren Heeresführern unterlaufen waren. Alles, was ich nicht lesen konnte, weil es in fremden Sprachen verfasst war, durchkämmte ich dennoch Seite für Seite auf der unermüdlichen Suche nach Abbildungen, Zeichnungen und Karten. Sie sind mir in großer Zahl bis heute in Erinnerung geblieben: der Auszug aus Ägypten, der Fall der Mauern von Jericho, die Schlacht an den Thermopylen. Dichte Wälder aus Speeren, Spießen und Lanzen, Helme, die das Glitzern des Sonnenlichts widerspiegelten. Die Karte der Reisen Alexanders des Großen mit wunderschönen Pfeilen, kühn, die sich weiter und weiter reckten, von den Grenzen Griechenlands bis nach Persien reichten und sogar bis nach Indien. Und das Bildnis eines Scheiterhaufens auf dem Marktplatz, auf dem man die Ketzer sehen konnte, denen die Flammen bereits die Füße leckten und die die Augen dennoch voller Frömmigkeit und Andacht geschlossen hielten, als ob nichts weiter geschähe, als dass ihnen himmlische Klänge ertönten. Und die Vertreibung der spanischen Juden: Bündel und Stöcke haltende Flüchtlinge drängten sich auf einem schwankenden Schiff in stürmischer See, in der es von Ungeheuern wimmelte, die ihre Schadenfreude über die vertriebenen Juden nicht verhehlten. Oder eine fein gegliederte Karte der Diaspora des Volkes Israel in der morgenländischen Welt, mit dicken Kreisen um Saloniki, Izmir und Alexandria. Die wunderschöne, farbenprächtige Abbildung einer antiken Synagoge in der Stadt Haleb. Entlegene Ableger von Gemeinden der Zerstreuten Israels waren am Rand der Karte zu sehen, im Jemen, in Cochin, in Äthiopien (das damals noch Abessinien genannt wurde). Das Bildnis Napoleons in Moskau, ein weiterer Napoleon in Kairo zu Füßen der Pyramiden: ein kleinwüchsiger Mann, rundlich, auf dem Kopf einen dreieckigen Hut, der an eine Hamanstasche erinnerte; seine eine Hand zeigte entschlossen in Richtung eines Galaxien umarmenden Horizonts und die zweite, verschämte Hand verbarg sich in den Falten seines Mantels, da ihr das Herauskommen unangenehm war. Auch die Fehden zwischen den Chassidim und ihren Gegnern: Porträts zürnender Rabbiner. Eine genaue Karte der Verbreitung der chassidischen Gemeinden im Vergleich zu den schrumpfenden Verteidigungslinien, dahinter die im Rückzug begriffenen Gegner, die sich zu verschanzen suchten, ohne sich dem Chassidismus zu beugen. Und die Geschichte der Entdecker, Flotten von Segelschiffen, deren geschnitzte Buge Meerengen unbekannter Archipele durchstießen; unzugängliche Kontinente, Kaiserreiche, die chinesische Mauer, die Tempel von Nippon, die kein Fremder, der je den Fuß in sie gesetzt, lebend verlassen hatte, wilde federgeschmückte Eingeborene oder solche mit gekreuzten Totenknochen in der Nase.

Karten der Walfänger, das nördliche Eismeer und das Beringmeer, Alaska und die Murmansk-Bucht. Und da war auch schon Herzl, an ein Eisengeländer gelehnt, verträumt und stolz, in Richtung auf den See blickend, der sich zu seinen Füßen erstreckte. Gleich nach Herzl konnte man die ersten Pioniere sehen, die an den Strand stiegen, mittellos, gering an Zahl, zusammengepfercht wie verlassene Schafe in einer Ödnis, in der es nur Sand und ein wenig abseits einen einzigen Olivenbaum gab. Und die Karte der ersten Besiedlungen: ein Dunam hier, ein Dunam dort. Nicht zusammenhängend. Aber von Karte zu Karte wurden sie verzweigter und von Tabelle zu Tabelle wurden sie mehr. Und hier stand Genosse Lenin, eine Schirmmütze auf dem Kopf, hielt er eine Rede und versetzte die Massen in Begeisterung, die ihm geballte Fäuste entgegenschwangen. Dieser Lenin erinnerte mich ein wenig an unseren Doktor Weizmann, der unentwegt auf die Briten einredete, statt sie zu schlagen. (Sergeant Dunlop? Auch ihn schlagen?) Und da war die Karte der Konzentrationslager der Nazis und Fotografien der jüdischen Skelette, der Überlebenden. Und hier Skizzen berühmter Schlachten, Tobruk, Stalingrad, Sizilien, und da endlich marschierte die jüdische Brigade, hebräische Soldaten mit Davidsternen auf den Ärmeln, in Afrika, in Italien. Und Fotos von den ersten Kibbuzim in den Bergen, in der Wüste, in den Tälern, die Gesichter entschlossener Pioniere, die auf Pferden reiten oder Traktoren lenken, das Gewehr quer über der Brust, ruhig, mutig.

Ich schlug ein Buch zu und stellte es gewissenhaft an seinen Platz zurück, um ein anderes herauszunehmen und auch in ihm zu blättern, erneut zu suchen, vor allem nach Bildern, Zeichnungen, Karten. Nach ein, zwei Stunden war ich ein wenig berauscht, ein aufgewühlter Panther im Keller, rasend vor Schwüren und Gelübden, der messerscharf wusste, was es zu tun galt und welcher Sache ich mein Leben widmen würde und auch, wofür ich es zu opfern bereit war, wenn die Stunde der Wahrheit käme.

Auf den ersten Seiten des großen deutschen Atlas, noch vor der Karte des europäischen Kontinents, gab es eine Schwindel erregende Karte des gesamten Weltalls, mit entfernten, unerforschbaren Himmelskörpern und Abgründen seltsamer Sterne. Genauso wie der Raum des Universums auf der Karte war Vaters Bibliothek: Es gab dort Planeten, die mir bekannt und vertraut waren, und es gab geheimnisvolle kosmische Nebel, Litauisch und Latein, Ukrainisch und Slowenisch und auch eine antike Sprache mit Namen Sanskrit. Es gab die aramäische und die jiddische Sprache, die wie ein Mond des Hebräischen war, eine vernarbte Luna, bleich, zwischen Wolkenfetzen über unsere Köpfe gleitend. Und wieder, Lichtjahre von der jiddischen Sprache entfernt, gab es mehr und mehr Firmamente, und in ihnen funkelten beispielsweise die Geschichten des Gilgamesch, die Upanischaden, homerische Gesänge und Siddhartha, es gab wundersame Epen, deren Titel etwa »Die Nibelungen«, »Haiawatha« oder »Kalevala« lauteten. Melodische Namen, die einem ein verführerisches Vergnügen auf der Zungenspitze und im Rachen verursachten, wenn man sie nach innen rollte und aussprach, flüsternd, nur zu sich selbst: Dante Alighieri, Montesquieu, Chaucer, Schtschedrin, Aristophanes, Till Eulenspiegel. Ich kannte jeden nach seinem Einband und seiner Farbe und nach dem Platz in seiner Galaxie, und ich wusste, wer seine Nachbarn waren.

Und du? Wer bist du in diesem Universum? Ein blinder Panther. Ein unwissender Wilder. Ein Taugenichts, der sich den ganzen Tag im Tel-Arsa-Gehölz herumtreibt. Eine kümmerliche Spielfigur in den Händen irgendeines erbärmlichen Ben Hurs. Statt sich von nun an, von heute, von diesem Morgen an, hier zwischen diesen Büchern zu vergraben.

Für zehn Jahre?

Für dreißig?

Tief Luft holen, in den Brunnen tauchen und Rätsel um Rätsel lösen?

Wie weit der Weg ist und in welche Mysterien die Geheimnisse der Bücher gehüllt sind, von denen du nichts als die Namen entziffern kannst. Schließlich bist du nicht einmal in der Lage, zu erahnen, wo der Anfang des letzten Gliedes der Kette des Schlüsselanhängers liegt, an dem der Schlüssel zu der Schatulle hängt, in der der Schlüssel zu dem Tresor liegt, in dem vielleicht der Schlüssel zum äußersten Hof der entlegensten Peripherie auf dich wartet.

Als Erstes galt es, die Hürde der römischen Zahlen zu überwinden. Mutter sagte, dass sie sie mir in weniger als einer halben Stunde beibringen könne. Sie versprach mir auch, das kyrillische Alphabet zu erklären, wenn ich ihr abends beim Geschirrspülen helfen würde. Nach ihrer Meinung war es in einer oder eineinhalb Stunden möglich. Vater versprach seinerseits, dass die griechische Schrift der kyrillischen sehr verwandt sei.

Später würde ich Sanskrit lernen.

Und einen weiteren Dialekt, den Vater Hochdeutsch nannte.

Der Name Hochdeutsch klang wie hoch an Jahren, nach befestigten Städten mit Mauern und Holzbrücken, welche man beim Herannahen des Feindes an Ketten hochziehen und in einen Torbogen wuchten konnte, der von zwei Wehrtürmen bewacht wurde, auf denen runde spitze Hütchen prangten. Zwischen den Mauern dieser Städte lebten gelehrte, barhäuptige Mönche in schwarzen Kutten, saßen Nacht für Nacht, lesend, studierend und im Schein der Kerzen oder im Licht einer Öllampe schreibend, in einer Zelle, deren einzige Luke vergittert war. Ich würde werden wie sie: Zelle, Luke, Kerze in der Nacht, Tisch, Bücherberg und Stille.

Die Bücherregale reduzierten erheblich das Volumen des Zimmers, das nicht sehr groß war. In diesem Zimmer, zu Füßen der Bücher, stand auch das Bett der Eltern: In der Nacht zogen sie es zum Schlafen aus, und am Morgen klappten sie es zu wie ein Buch, ließen das Bettzeug in seinem Bauch verschwinden und verwandelten es so in ein gesittetes Sofa aus grünlichem Plüsch. Auf dem Sofa lagen fünf bestickte Kissen, denen ich die Rolle der fünf Hügel Roms zugedacht hatte, als ich die Armeen Bar Kochbas bis zu den Füßen des Kapitolhügels führte und das Imperium bezwang. Ein andermal dienten die Kissen als Stellungen auf den Bergen, die den Weg zum Negev kontrollierten, oder sie waren weiße Wale, hinter denen ich durch die sieben Meere bis an die Gestade der Antarktis herjagte.

Die Bettcouch und Vaters Pult, das Pult, den Kaffeetisch und die beiden geflochtenen Schemel, sie und Mutters Schaukelstuhl trennten nur Tunnel oder Meerengen, die allesamt auf der kleinen Strohmatte unterhalb des Schaukelstuhls zusammenliefen. Diese Anordnung der Möbel gewährte mir fantastische Möglichkeiten, um Flotten- und Heeresmanöver, Durchbruchsgefechte, Flankenangriffe, Sturmangriffe, Hinterhalte und hartnäckige Offensiven inmitten einer dicht besiedelten Fläche zu realisieren.

Vater wies dem geheimen Paket einen Platz zu, den er mit List ausgewählt hatte – inmitten einer langen, einheitlichen Reihe von klassischen Werken der Weltliteratur in polnischer Übersetzung. Die Farbe der aufgereihten Bände war hellbraun, so dass das Paket sich einfügte und zwischen ihnen so gut wie nicht auszumachen war: wie ein echter Drache in einem undurchdringlichen tropischen Wald voller Baumriesen, die allesamt drachenähnlich waren. Er warnte mich und Mutter wiederholt: »Nicht anfassen! Nicht näher herangehen. Von diesem Moment an ist die Bibliothek zum Sperrgebiet erklärt.« Wer ein Buch brauche, sollte die Güte haben, sich an ihn zu wenden und ihn darum zu bitten. (Ich sah darin eine Demütigung: Mutter ja, sie konnte sich wirklich irren oder nicht daran denken, während sie Staub wischte. Aber ich?! Der ich sämtliche Abteilungen der Bibliothek auswendig kannte?! Der ich auch mit verbundenen Augen all ihre Bereiche, Gebiete und Geheimnisse ausmachen konnte?! Schließlich kannte ich mich in ihr kaum weniger aus als Vater. Fand mich zurecht wie ein junger Panther im Dschungel seiner Geburt und Kindheit.) Ich beschloss, nicht zu streiten: Morgen früh vor acht Uhr würden beide zur Arbeit gehen, und ich würde der Hochkommissar über das ganze Königreich sein. Inklusive der Stätte des Drachen. Inklusive des Drachen selbst.

18

Am nächsten Tag, im gleichen Moment, in dem die Tür hinter ihnen ins Schloss fiel, stürzte ich zu dem Bücherregal und blieb eine Atemlänge davor stehen, ohne es zu berühren. Ich versuchte, irgendeinen leichten, chemischen, von dem Paket ausgehenden Geruch zu erkennen oder zumindest den Anflug eines Geruchs? Aber nur der Duft der Bibliothek, die zivile Ausdünstung von Leim, verflossenen Zeiten und Staub schlug von allen Seiten auf mich nieder. Ich ging in die Küche zurück, um die Reste des Frühstücks in den Eisschrank zu räumen und das Geschirr zum Spülstein zu bringen. Ich säuberte das Geschirr und stellte es umgekehrt in den Ablauf. Ging von Zimmer zu Zimmer und schloss Läden und Fenster gegen das Vordringen des Sommers. Dann begann ich, ein Panther im Keller, die Strecke zwischen Versteck und Wohnungstür auf und ab zu laufen. Es war ausgeschlossen, zum Entwurf der Pläne für den Sturm des Palastes des Hochkommissars zurückzukehren, mit dem ich mich bis gestern auseinander gesetzt hatte: Jenes braune Paket, das bei uns als Klassiker in polnischer Übersetzung verkleidet unschuldig auf dem Regal schlummerte, nahm mich in seinen Bann wie ein knisterndes Feuer.

Zunächst waren es schwache, schüchterne Verlockungen, die Augen keusch gesenkt, als wagten sie es kaum, mich darauf hinzuweisen, zu was ich tatsächlich Lust verspürte. Aber nach und nach fassten sie sich ein Herz, wurden zusehends zu buchstäblichen Verführungen, leckten die Kappen meiner Sandalen, kitzelten mich in der Vertiefung der Handfläche, waren keck, zwinkerten mir zu, zupften mich schamlos am Ärmel.

Verführungen sind Kreaturen, die den Niestiraden ähneln, die auch zunächst mit einem Nichts beginnen, mit einem schwachen, reizenden Zwicken in der Nasenwurzel, worauf sie jedoch steigen und einen mitreißen, so dass es kein Entrinnen mehr gibt. Meist begnügen die Verführungen sich zunächst mit einem unbedeutenden Spähtrupp, einer Einheit zur Sondierung der Lage, winzigen, leisen Wellenschlägen nebulöser Erregung, und bevor man weiß, worauf die Erregung eigentlich abzielt, tritt allmählich eine innere Erwärmung ein wie beim Einschalten einer Heizspirale, wenn die Röhren noch grau sind und anheben, kleine leichte Knallgeräusche von sich zu geben, sich daraufhin rosig färben, erröten und zu entflammen beginnen, und da glühen sie auch schon wie Zorn, und man wird erfüllt von einer Art unerlaubten Übermuts, was soll's, wen kümmert's, warum nicht, was kann schon passieren, als ob einen jemand im Innern einen sehr dumpfen, aber wilden Laut hören ließe, zügellos, der einen zu überreden trachtet und bettelt: Mach schon. Was soll's. Wen kümmert's. Nichts weiter als die äußerste Fingerspitze in die unmittelbare Nähe der Verpackung des geheimnisvollen Pakets. Nur fühlen, ohne zu berühren. Nur mit den Poren unter dem Nagel orten, welcher Art die geheime Strahlung war, die womöglich aus dem Innern kam? War es warm? Kalt? Oder vibrierte es ein wenig wie Strom? Was war denn schon dabei, warum nicht, was konnte schon passieren, durch eine rasche Berührung, eine einzige? Eine zarte? Hastige? Schließlich ging es nur um eine äußere Hülle, eine gleichgültige, eine Hülle wie jede andere, steif (oder weich?), glatt (oder ein ganz klein wenig rau wie der grüne Filz, der jenen Billardtisch bedeckte?), flach (oder nicht ganz? Vielleicht wies sie dem Auge verborgene Erhebungen auf, denen der Finger Hinweise entnehmen konnte, deren Tragweite man nicht abschätzen konnte?). Was konnte eine Berührung schon schaden? Eine ganz zarte, die fast keine war? Etwa wie wenn man eine Bank prüfend befühlte oder einen Zaun, auf dem »Frisch gestrichen« steht?

Wenn man es recht bedachte, vielleicht konnte man gar etwas weiter gehen: ein vorsichtiger Druck. Zärtlich. Wie ein Arzt, dessen Hand den Bauch abtastet, sorgfältig, um zu prüfen, wo er wehtut und ob er weich oder fest ist. Oder wie der Finger, der behutsam die Birne berührt: Schon reif? Nein? Nur fast? Wozu denn überhaupt die Angst, es nur für einen Augenblick aus dem Regal zu ziehen? Nur für zehn Sekunden oder weniger, es nur auf den Händen wiegen. Herausfinden, ob es leicht oder schwer war. Flachgedrückt. Zurechtgerückt. Steif? Ob es sich anfühlte wie ein Lexikon – oder wie eine in Papier gebundene Zeitschrift? Oder erinnerte es an zerbrechliches Glas, das man mit Stroh, Watte und Sägemehl umhüllt und gepolstert hatte, so dass es eventuell möglich wäre, durch das Betasten sowohl die Weichheit der Polsterung als auch die Härte des Gegenstands durch die Schmiegsamkeit hindurch auszumachen? Oder war es von undurchsichtiger Schwere, die einen wie eine Bleikiste Richtung Fußboden zog? Würde es sich womöglich herausstellen, dass es ein eher pelziger Gegenstand war, der sich den Fingern durch das braune Packpapier hindurch mit Hingabe fügte, zwischen den Händen nachgab wie ein Kissen? Ein wolliger Bär? Eine Katze? Was konnte schon geschehen? Nur der Anflug einer Berührung, hier, so, nur ein Kuss der Fingerkuppe, nur streifen wie ein Hauch, wie ein Lippenpaar, oder nur ein sanftes Streicheln, das keines war, so, ja, und dazu das Eintauchen eines Fingers mit sanftem Druck, hastig und mit raschem Zug zwischen den Büchern, einem von der Sorte, die es erlaubte, über die Wangen des Pakets zu gleiten und die Nähte des Klebestreifens zu fühlen, was soll's, wen kümmert's, zieh es nur für einen Augenblick heraus, halte es in deinen Armen wie ein Kämpfer, der einen verwundeten Freund vom Schlachtfeld trägt, pass um Himmels willen auf, dass du nicht an die Möbel stößt, damit es keinen Schlag erfährt, dir ja nicht aus den Händen fällt. Und Gott behüte, vergiss nicht, welche Seite die obere war. Und denk dran, ein Taschentuch zu benutzen, um keine überflüssigen Fingerabdrücke zu hinterlassen, und das Taschentuch zu wechseln für den Fall, dass eine unbekannte Strahlung sich darin verfing.

Es stellte sich heraus, dass das Paket kühl und steif war, rechteckig, wie ein in Packpapier gewickeltes Buch, glatt, aber nicht glitschig. Auch das Gewicht des Pakets erinnerte in meinen Händen an das Gewicht eines dicken Buches: weniger als die Konkordanz und etwas mehr als das Lexikon der Geografie.

Und damit, so hoffte ich, war es genug. Ich war befreit. Die Verführungen hatten ihre Beute erhalten, und nun würden sie verschwinden, gesättigt, und ich würde endlich zu meiner Arbeit zurückkehren können.

Irrtum.

Im Gegenteil.

Wie eine Meute wilder Hunde, die bluttriefendes Fleisch gerochen hatten: Wenn man ihnen einmal gestattete, den Geschmack zu kosten, wurden sie erst recht zu Wölfen. Etwa zehn Minuten, nachdem ich das Paket an seinen Platz zurückgestellt hatte, griffen mich die Verlockungen unerwartet von einer ungesicherten Flanke an:

Ben Hur rufen. Er sollte herkommen.

Ihn insgeheim einweihen, was bei uns zu Hause aufbewahrt wurde. Und wenn er es nicht glaubte, ihm das Paket zeigen und ihn damit außer Gefecht setzen, um endlich einmal mit eigenen Augen zu sehen, wie sich die Gleichgültigkeit des Geparden unversehens in bestürztes Staunen verwandelte. Diese schmalen, tyrannischen Lippen, die zu träge waren, um sich zu öffnen, würden vor Bestürzung weit auseinander gehen. Und sogleich, wie die Frühnebel, die sich mit dem Aufgehen der Sonne verflüchtigten, würde sich die Affäre Orient Palace in Luft auflösen. Ich würde ihn zwingen, einen Schwur abzulegen, dass er niemandem verriete, was seine Augen gesehen hatten. Auch nicht Chita. Und überhaupt, es würde ihm nur erlaubt sein, einen einzigen Blick auf das Paket zu werfen und das Gesehene sofort zu vergessen.

Aber er würde es nicht vergessen. Niemals. Und so, angesichts der Gefahr der Verhaftung, die von nun an über uns beiden schwebte, würde erneut ein kühner, offenherziger Bund zwischen uns beiden gefestigt. Wie zwischen Jonathan und David. Einträchtig würden wir spionieren und gemeinsam würden wir Geheimnisse sammeln. Und gemeinsam würden wir bei Sergeant Dunlop Englisch lernen, denn ein Mensch, der der Sprache des Feindes mächtig war, beherrschte auch dessen Denkweise.

Seltsam, geradezu unerträglich war mir plötzlich der Gedanke, dass ich hier, allein in diesem Haus, den ganzen Morgen und den ganzen Nachmittag der alleinige Herrscher über eine wilde zerstörerische Kraft war, die indes in einem unschuldigen Paket vor sich hindämmerte, einem Paket, das sich gar nicht so übel in der Reihe der Klassiker auf dem Regal machte.

Nein. Ben Hur kam nicht in Frage. Ich allein. Ohne ihn.

Gegen Mittag überfielen mich neue, verrückte Verführungen wie ein Gewitter, das mir in Brust und

Bauch tobte: Alles liegt jetzt in deinen Händen. Wenn du es nur willst, ist von nun an alles möglich. Alles hängt von deinem Willen ab. Nimm es, dein Paket. An seine Stelle konnte man zwischen die Klassiker ein anderes Päckchen stellen, kurzum ein Buch, in ähnliches Papier verpackt, und niemand würde es unterscheiden können. Nicht einmal Vater.

Und du, Mensch, geh aus deines Vaters Haus und trage diesen zerstörerischen Mechanismus im Schulranzen geradewegs zum Palast des Hochkommissars. Binde ihn mit Eisendraht unter seinen Wagen auf dem Parkplatz. Oder stell dich geduldig ans Tor und warte auf ihn, und wenn er herauskommt, wirf ihm das Paket vor die Füße.

Oder folgendermaßen: Ein hebräischer Junge aus Jerusalem hat sich in die Luft gesprengt, um das Gewissen der Welt wachzurütteln und gegen den Raub seiner Heimat zu protestieren.

Oder vielleicht Sergeant Dunlop unschuldig bitten, das Geschenk in die Stube des Kommandanten der Mandatspolizei zu legen? Aber nein: Er könnte selbst verwundet oder in die Sache verwickelt werden.

Man könnte auch eine zerstörerische Sprengladung auf die Raketenspitze installieren und drohen, die Stadt London auszuradieren, wenn Jerusalem nicht befreit würde.

Oder sich aufmachen, um Ben Hur und Chita zu vernichten. Damit sie es ein für allemal begriffen.

Und so weiter, bis zum Nachmittag, als eine neue, Furcht erregende Verführung auftrat und ihr Gift versprühte. Und sich daranmachte, in mir zu nagen, zu wühlen, blind, so ein Verführungsmaulwurf, Liebhaber der Dunkelheit, Verschwörer, eine Art Verführung zur Sünde des Verbrechens. (Ich fand im Wörterbuch ein eigenes Wort für diese Sorte lutschenden, saugenden Reizes: das Versuchtwerden. Wie versuchen und wie die Versuchung. Oder wie Suche, Sucht, Sehnsucht. Und dennoch, merkwürdig, während das Wort versuchen verführen beinhaltete, hatte es auch die Bedeutung von kosten, probieren. Zum Beispiel Cognac. Hatten all diese Worte dieselbe Wurzel? Und da waren auch die Redewendungen: sein Glück versuchen, in Versuchung geraten: Und damit waren wir wieder beim Versuchtwerden.)

Dieses Versuchtwerden begann mich zu belästigen, ließ nicht locker, nagte mir an Herz und Zwerchfell zwischen den Rippen, durchbrach die Bauchhöhle, hässliche Versuchung, hartnäckig, schmeichelnd, beschwörend, mir zublinzelnd, versprach in gehetztem Geflüster köstliche, käufliche Genüsse, ein geheimnisvolles Begehren, wie ich es noch nie gekostet hatte oder nur in meinen Träumen, eine furchtbare Süße, die sich verselbstständigte:

Lieber doch das Paket an seinem Platz zwischen den Klassikern lassen. Nicht mal den Finger nach ihm ausstrecken.

Rausgehen. Das Haus abschließen. Schnurgerade zum Orient Palace gehen.

Wenn er nicht dort wäre, dann eben nicht. Das würde ein Zeichen sein. Aber wenn er dort war, war das der Beweis, dass man es tun musste. Ein Zeichen, dass diese Süße, koste es, was es wolle, ihre Grenzen sprengen und sich erfüllen musste.

Ihm erzählen, was bei uns versteckt lag.

Ihn fragen, was damit zu tun war.

Tun, was er mir sagen würde.

Heimsuchung.

Kurz vor vier gab es einen Moment, in dem ich es beinah getan hätte.

Aber es gelang mir, mich zu beherrschen. Eisern. Anstatt zum Orient Palace zu gehen, verspeiste ich Erbsen, einen Fleischklops aus dem Eisschrank und zwei Kartoffeln, alles kalt, zum Warmmachen fehlte mir die Geduld. Dann verschloss ich die Tür des elterlichen Zimmers von außen und von innen die Tür meines eigenen, legte mich nicht aufs Bett, sondern auf den kühlen Fußboden in der nischenartigen Ecke zwischen Bett und Schrank, dort, in dem Streifenlicht, das sich wie eine Schattenleiter durch die Ritzen des Ladens schmuggelte, las ich eine und eine halbe Stunde in einem Buch, das ich bereits kannte, über die Reisen Magellans und Da Gamas. Über Inseln und Buchten, Vulkane und die Mannigfaltigkeit des Urwalds.

19

Nie werde ich den Zugriff der Angst vergessen: wie ein Ring aus kaltem Stahl, der sich enger und enger um das zuckende Herz legte. In einer sehr frühen Morgenstunde, zwischen Zeitungsausträger und Milchmann, mit den ersten Vögeln rollte ein britischer Panzer mit einem Megafon durch unsere Straße, weckte mich, uns. In englischer und hebräischer Sprache kündigte man eine Ausgangssperre an, die um sechs Uhr dreißig in Kraft trat und so lange gelten sollte, bis neue Instruktionen erteilt würden. Wer auf der Straße aufgegriffen würde, riskiere sein Leben auf eigene Verantwortung.

Barfuß, mit verschlafenen Augen, kroch ich zu meinen Eltern ins Bett. Ich war erstarrt, nicht vor Kälte, sondern durch die natternhafte Umklammerung einer bösen Ahnung: Sie würden es finden. Ohne Schwierigkeit. Welch ein lächerliches Versteck, gar kein Versteck, nichts als ein hellbraunes Paket zwischen einer Reihe von Büchern klemmend, deren Einbände ein Braun aufwiesen, das dunkler war als es selbst. Zwischen den Büchern stach es hervor, denn es war breit, großflächig und hoch, wie ein Dieb, der sich, in Sackleinen gehüllt, in eine Prozession von Nonnen gedrängt hatte. Vater und Mutter würde man in eine Zelle in Migrasch Harussim sperren oder in das Verlies in Akko verschleppen. Wer weiß, ob sie nicht in Handschellen aus dem Lande gejagt würden, nach Zypern, Mauritius, Eritrea, vielleicht auf die Seychellen. Scharf und düster, schneidend, steckte der Ausdruck »Ort der Verbannung« in meiner Brust.

Was würde ich allein in dieser Wohnung machen, die sich – niemand wusste das besser als ich – binnen eines Augenblicks verwandeln konnte von klein und behaglich in monströs und vor Unheil wimmelnd. In den Nächten, in den Wochen, den Jahren, die kommen würden, würde ich allein zu Hause sein, allein in Jerusalem, allein auf der Welt, denn Großvater und Großmutter (väterlicher- und mütterlicherseits), Onkel und Tanten, die einmal gelebt hatten, hatte Hitler samt und sonders getötet, und auch mich würde man auf dem Küchenboden ermorden, wenn sie erst hier wären und mich aus dem armseligen Versteck in der Besenkammer herauszögen. Betrunkene, Juden hassende englische Soldaten oder Horden blutrünstiger Araber. Denn wir waren nur wenige, und wir waren rechtschaffen, wie wir immer rechtschaffen und wenige an der Zahl gewesen waren, wir waren von allen Seiten umzingelt und ohne einen einzigen Freund auf der Welt. (Bis auf Sergeant Dunlop? Den ich bespitzelte und dem ich Geheimnisse entlockte. Verräter, Verräter. Verloren.)

Wir blieben zu dritt ein paar Minuten im Bett liegen. Ohne ein Wort. Bis Vaters ruhige Stimme erklang, eine Stimme, als ob sie in der Dunkelheit des Zimmers einen Kreis der logischen Mäßigung zöge.

Er sagte: »Die Zeitung. Immerhin bleiben uns noch zweiunddreißig Minuten. Es wird mir zweifellos gelingen, nach draußen zu gehen und uns eine Zeitung zu besorgen.«

Mutter sagte: »Bitte bleib. Geh nicht raus.«

Ich unterstützte sie, gleichwohl war ich bemüht, meiner Stimme einen Klang zu geben, der seiner und nicht ihrer gleichkam: »Du solltest wirklich nicht hinausgehen, Vater. Es ist zweifellos unlogisch, sich wegen einer Zeitung in Gefahr zu begeben.«

Er kam nach einer Minute zurück, immer noch in seinem blauen Pyjama, mit seinen offenen, schwarzen Sandalen, lächelte uns zu mit siegreicher Bescheidenheit, als ob er aus der Wildnis zurückkehrte, wo er für uns einen Löwen gejagt hatte. Und er überreichte Mutter die Zeitung.

Ich half ihnen, das Bett hochzuklappen, das sich mit seinem Einrasten augenblicklich als sittsames Sofa tarnte, nichts an ihm bot zu Misstrauen Anlass, niemand würde es wagen, sich auch nur in den kühnsten Gedanken auszumalen, dass es zudem eine innere, zweifellos private Seite hatte, Bettzeug, Kissen, Laken und Nachthemden verborgen hielt: Es hatte sie nie gegeben.

Ich meinerseits verteilte die fünf Tageskissen auf dem Sofa in genauem Abstand. Auch mein Bett machte ich. Dann gelang es uns dreien noch, uns zu waschen, uns anzuziehen, alles an seinen Platz zu räumen, die Tischdecke gerade zu ziehen und Mutters Hausschuhe unterm Sofa verschwinden zu lassen. Während wir die ganze Zeit, nach wortloser Vereinbarung, alle drei darauf achteten, keinen Blick in Richtung Paket zu werfen, das sich in der Nacht aus irgendeinem unerfindlichen Grund entschlossen hatte, aufzufallen und nun inmitten der polnischen Klassiker Aufsehen erregte wie ein ungehobelter Soldat, der sich in den Morgenappell von Gymnasiasten zwängte. Gerade als Mutter im Begriff war, die Blumen in der Vase zu ordnen, Vater das Saugpapier des Löschstempels auf seinem Schreibtisch wechselte und ich in die Küche geschickt worden war, um den Tisch zu decken, hörten wir das Klopfen an der Tür. Eine englische Stimme fragte, ob bitte schön jemand zu Hause sei. Vater antwortete, ohne zu zögern, ebenfalls englisch und gleichermaßen höflich: »Sofort bitte. Nur einen Augenblick.«

Und öffnete ihnen die Tür.

Zu meiner Verwunderung waren sie nur zu dritt: zwei gewöhnliche Soldaten (einer von ihnen hatte ein Brandmal, das sein halbes Gesicht rötete) und ein junger Offizier mit schmächtiger Brust und hagerem, langem Gesicht. Alle drei trugen knielange Shorts und Khakistrümpfe, die sich beinah mit den Hosen in der Kniegegend trafen. Die beiden Soldaten waren mit Tommy-Guns bewaffnet, die auf den Fußboden zielten, als senkten sie den Blick, und das zu Recht, vor lauter Scham und Schande. In der Hand des Offiziers lag eine Pistole, auch sie war auf den Boden gerichtet und sah aus wie die von Sergeant Dunlop. (Vielleicht waren es Bekannte von ihm? Freunde? Wenn ich den Anfang machte und unverzüglich zum Besten gab, dass ich ein Freund des Sergeant war? Würden sie auf die Durchsuchung bei uns verzichten? Würden sie sogar einwilligen, uns zu folgen auf ein Frühstück und ein Gespräch, in dem wir ihnen endlich die Augen öffnen konnten, auf dass sie sahen, welches Unrecht sie uns antaten?)

Die Worte »Bitte treten Sie näher« sprach Vater mit ausgesuchter, betonter Höflichkeit aus. Der schmächtige Offizier wurde einen Augenblick verlegen, als ob Vaters Höflichkeit die Durchsuchung der Wohnung als solche schon in eine absolute Grobheit verwandelte. Er bat um Vergebung für die Störung zu einer so frühen Morgenstunde, erklärte, dass er bedauerlicherweise dazu verpflichtet sei, kurz zu überprüfen, ob hier alles seine Richtigkeit habe, steckte gedankenlos seine Pistole zurück in das Koppel und verschloss das Koppel ordentlich mit dem Knopf.

Einen Augenblick war da ein leichtes Zaudern, auf ihrer Seite und auch auf unserer: Es war nicht klar, wie wir weiter vorgehen würden. Vielleicht gab es noch etwas, das zweifellos ausgesprochen werden musste, von unserer Seite oder von ihrer, bevor wir weiterkamen?

Die junge Frau Doktor Gripius in der Außenstelle der Poliklinik in der Owadja-Straße tat sich vor Untersuchungen stets schwer, passende Worte zu finden, mit denen sie mir zu verstehen geben konnte, dass ich mich bis auf den Schlüpfer ausziehen sollte. Ich stand da, wartete geduldig wie Mutter, bis Frau Doktor Gripius Mut fasste und mit ihrem kieseligen Hebräisch-Deutsch sagte: »Bitte schön, Garderobe allesamt ablegen, nur nicht den Schlüpfer ausziehen.« An dem Schlüpfer wurde deutlich, dass ihr all das zutiefst unangenehm war. Als ob sie der Meinung sei, dass man ein anderes Wort dafür finden müsse, eines, das weniger hässlich wäre, unverbindlicher (und damit hatte sie meiner Meinung nach vollkommen Recht). Kurz nach der Staatsgründung verliebte sich Frau Doktor Gripius in einen blinden armenischen Dichter, dem sie nach Zypern folgte, von wo sie nach drei Jahren allein zurückkehrte und erneut bei uns in der Poliklinik auftauchte, nur um einen neuen Zug, eine schmale, bittere Linie reicher. Obgleich sie im ganzen nicht schmaler, sondern eher weniger geworden war. Geschrumpft. Aber ich erwähnte bereits, dass mir das Leben, ja sogar das Einschlafen ohne eine gewisse Ordnung schwer fällt. Darum werden Frau Doktor Magda Gripius, ihr blinder Dichter, die Querflöte, die sie mitbrachte, als sie aus der Stadt Famagusta zurückkehrte, auch die seltsamen Melodien, die sie bisweilen um zwei, drei Uhr morgens flötete, und ebenso ihr zweiter Ehemann, der Süßwarenimporteur war und einen Trunk gegen das Vergessen erfunden hatte, sogar die Frage der passenden und unpassenden Worte für Körperteile und intime Kleidungsstücke – alles wird auf eine andere Geschichte warten müssen.

Der Offizier wandte sich respektvoll an Vater, so

wie ein wohlerzogener Schüler an seinen Lehrer: »Mit Verlaub. Wir werden bemüht sein, uns kurz zu fassen, indes muss ich Sie bitten, die Ecke hier nicht zu verlassen.«

Mutter fragte: »Ist es gestattet, einen Tee anzubieten?«

Der Offizier entschuldigte sich: »Danke, nein. Leider sind wir dienstlich hier.«

Und Vater sagte auf Hebräisch, mit seiner verhaltenen, von sich überzeugten Stimme: »Du übertreibst ein bisschen. Das war überflüssig.«

Die Durchsuchung selbst beeindruckte mich nicht sonderlich aus professioneller Sicht. (Ich bewegte mich schleichend noch etwa eineinhalb Meter vorwärts, bis zur Abzweigung des Flurs, und hatte so einen Beobachtungsposten, der den größten Teil der Wohnung kontrollierte.)

Die Soldaten sahen unter mein Bett, öffneten den Schrank, der in meinem Zimmer stand, schoben die Kleiderbügel hin und her, wühlten ein wenig in den Fächern mit den Hemden und der Unterwäsche, warfen einen Blick in die Küche und einen verstohlenen in die Toilette, konzentrierten sich aus rätselhaften Gründen auf den Eisschrank, unterzogen die Flächen über, unter und hinter ihm einer Untersuchung, klopften an zwei Stellen der Wohnung die Wand ab, während der Offizier Vaters Kartenwand studierte. Der Soldat mit dem verbrannten Antlitz entdeckte einen losen Kleiderhaken im Flur, prüfte, wie lose er war, bis der Offizier ihn maßregelte, dass er, wenn er nicht aufpasse, ihn womöglich noch aus der Verankerung risse. Der Soldat gehorchte und ließ locker. Alle gingen in das Zimmer der Eltern, das auch wir nach ihnen betraten. Der Offizier hatte offenkundig vergessen, dass wir in der Ecke des Flurs bleiben sollten, die Ausmaße der Bibliothek bestürzten ihn wahrhaftig, und mit zögernder Stimme fragte er Vater: »Entschuldigung, ist das hier eine Schule? Oder so etwas wie ein Ort der Glaubensausübung?«

Vater beeilte sich, eine Erklärung anzubieten und auch eine ausführliche Führung. Mutter schaffte es gerade noch, ihm die Worte »Halt ein« zuzuflüstern, aber umsonst. Schon wurde er in den steigenden Strom der Pädagogik getragen und begann auf Englisch zu erklären: »Dies ist eine rein private Bibliothek. Zu Forschungszwecken, mein Herr.«

Es schien, dass der Offizier nicht verstand. Er bat höflich um Auskunft, ob Vater Buchhändler sei? Oder Buchbinder?

»Wissenschaftler, mein Herr«, betonte Vater Silbe für Silbe seines slawischen Englisch und fügte unverzüglich hinzu: »Geschichtsforscher.«

»Interessant«, bemerkte der Offizier, während sich sein Gesicht rötete, als habe er einen Tadel erhalten.

Nach einer Weile, als die Selbstsicherheit in ihn zurückkehrte oder er sich vielleicht jäh seines Dienstgrades und seiner Aufgabe erinnerte, fügte er entschlossen hinzu: »Sehr interessant.«

Dann fragte er, ob darunter auch Bücher in englischer Sprache seien.

Diese Frage beleidigte Vater, feuerte ihn jedoch gleichermaßen an, wie wenn man Kugelgeschosse mit unausgestochenen Zündhütchen in ein Lagerfeuer wirft. Als ob der überhebliche Offizier mit einem Schuss sowohl den Stolz des gelehrten Sammlers als auch unsere historische Stellung als eines der großen Kulturvölker verletzt habe. Glaubte dieser arrogante Goj etwa, er befände sich in einer Hütte der Eingeborenen in einem Dorf Malaysias? In den Lehmhütten des Ugandistammes?

Ohne zu zögern, feurig, stürmisch und sich selbst übertreffend, als ginge es darum, die Rechtmäßigkeit des Zionismus zu verteidigen, begann Vater ein englisches Buch nach dem anderen aus seinen Regalen herauszuziehen, lauthals Titel, Erscheinungsjahr und Auflagen verkündend, und diese Stück für Stück dem Offizier auf die Arme zu pflanzen. Als ob er damit ein offizielles Vorstellungszeremoniell zwischen seinen älteren Gästen und einem neu hinzugekommenen vollzog, der sich in diesem Moment der Feier anschloss. »Lord Byron, Edinburgh Druck. Milton. Shelley, Keats. Und dies hier ist Chaucer in einer kommentierten Ausgabe. Robert Browning, eine frühe, niedrige Auflage. Der gesamte Shakespeare, nach dem Text von Johnson, Stevens und Read. Und hier, in diesem Regal, sitzen bei uns die Philosophen, hier sind Bacon, Mill, Adam Smith, John Locke, Bischof Berkeley und der unübertroffene David Hume. Und hier in einer bibliophilen Ausgabe. . .«

Der Offizier erholte sich, taute ein wenig auf und

wagte es sogar, hin und wieder einen vorsichtigen Finger auszustrecken und zärtlich die Gewänder dieser seiner Landsleute zu berühren. Während Vater, leidenschaftlich und im Siegestaumel, zwischen den Regalen und dem Gast hin- und hereilte, mal hier, mal da etwas herauszog, mehr und mehr Bücher aushändigte und den Feind tausend und bald sogar zehntausend Mal schlug. Immer wieder versuchte Mutter ihm von ihrem Platz neben dem Sofa aus mit verzweifelter Grimasse Signale zu geben, dass er drauf und dran war, uns auf der Stelle, bereits im nächsten Moment, ins Unglück zu stürzen.

Umsonst.

Denn Vater hatte alles um sich herum vergessen, vergaß das Paket und den Untergrund, vergaß die Leiden unseres Volkes, vergaß, dass sich in jedem Zeitalter Menschen gegen uns erhoben, um uns dem Verderben preiszugeben, vergaß Mutter und mich, war getragen von unvorstellbaren Ausmaßen der Freude des Bekehrens: Wenn es ihm nur endlich gelingen könnte, den Briten – im Grunde ein kultiviertes, moralisches Volk – zu beweisen, wie überaus wunderbar wir, ihre Untertanen, die wir uns in der entlegenen Ecke ihres Imperiums quälten, doch waren, wie kultiviert, belehrt, belesen, wie sehr wir Dichter und Denker liebten, würden sie sich wandeln, und alle Missverständnisse würden aus dem Weg geräumt. Dann endlich würden wir und auch sie Gelegenheit haben, von Angesicht zu Angesicht beieinander zu sitzen, und, wie es uns angemessen wäre, miteinander über die Dinge zu sprechen, die letztendlich Inhalt und Sinn des Lebens waren.

Ein oder zwei Mal unternahm der Offizier den Versuch, zwei Worte dazwischenzuschieben, eine Frage zu stellen oder sich vielleicht auch nur zu verabschieden und das Haus zu verlassen, um der Erfüllung seiner Pflicht weiter nachzugehen, aber keine Macht der Welt hätte Vater auf halbem Wege aufhalten können: Blind, taub und fanatisch fuhr er fort, die Schätze seines Tempels vor den Augen des staunenden Feindes freizulegen.

Dem mageren Offizier blieb nichts anderes übrig, als ab und zu »indeed« oder »how very exciting« zu murmeln, als sei er hier dem Feind in die Hände gefallen und würde als Geisel festgehalten. Die beiden Soldaten im Flur begannen bereits miteinander zu flüstern. Der mit der verbrannten Wange warf Mutter einen stumpfsinnigen Blick zu. Sein Kollege kicherte und kratzte sich. Mutter ihrerseits klammerte sich an der Gardine fest, die Finger bewegten sich verzweifelt von Falte zu Falte, falzten, knautschten und zogen jede von ihnen einzeln glatt.

Und ich?

Meine Pflicht wäre es gewesen, einen heimlichen Weg zu finden, um Vater zu warnen, der den britischen Offizier immer mehr in die Nähe des gefahrvollen Regals sog. Aber was sollte ich tun? Das wenige, das in meiner Macht stand, war, nicht in die Richtung zu schauen, die es zu vermeiden galt. Und siehe da, die braune Verpackung selbst wurde plötzlich vom Trieb des Verrats erfasst und begann aus der Reihe der

Klassiker emporzuragen wie ein Raubzahn zwischen Milchzähnen und schon von weitem durch Farbe, Größe und Breite ins Auge zu stechen.

Sofort überfiel mich wieder die Versuchung. Wie es mir gelegentlich in den lautstarken Bibelstunden von Serubbabel Gichon passierte, wenn ein leichter Reiz in der Brust einsetzte, ein sanftes Kitzeln im Hals, fast ein Nichts, brodelte und verschwand, wieder aufwallte, überzulaufen begann, gegen den Staudamm drückte, und ich vergeblich versuchte, noch eine Minute zu gewinnen, noch eine Sekunde, die Lippen schloss, die Zähne zusammenbiss, Muskeln spannte, aber das Lachen wie ein Bergquell aus mir heraussprudelte, in Kaskaden nach draußen stürzte und ich prompt aus der Klasse flog. Genau das war es, was mir am Morgen der Hausdurchsuchung widerfuhr, nur dass es an jenem Morgen kein Lachreiz war, sondern der Reiz des Verrats. Die Versuchung. Wie auf der Schwelle zum Niesen, wenn es aus dem Hirn zu triefen beginnt, an der Nasenwurzel zwickt und zu Tränen reizt, und es allen Unterdrückungsversuchen zum Trotz letztlich klar wird, dass die Sache verloren ist. Dass es geschehen muss. Dass die Würfel gefallen sind. So begann ich den Feind Richtung Paket zu führen, das der Untergrund uns zu verstecken gebeten hatte. Das Paket, das offenbar die Zündung der hebräischen Atombombe enthielt, die die Kraft hatte, uns von nun an bis in alle Ewigkeit vom Schicksal der verstreuten Lämmer, des zum Reißen freigegebenen Getiers, des Schafes inmitten von siebzig Wölfen zu befreien.

»Ziemlich heiß«, sagte ich (wie in dem bekannten Spiel).

Und dann:

»Sehr heiß.« – »Kälter.« – »Lauwarm.« – »Wieder kälter.« – »Eiskalt.«

Und noch später:

»Wärmer. Heiß. Heiß. Wunderbar, fast kochend heiß.«

Ich habe keine Erklärung dafür. Nicht bis zum heutigen Tag. Vielleicht war es eine Art dumpfer Wille, dass endlich geschah, was geschehen musste. Damit es aufhörte, uns zu bedrohen wie ein loser Felsbrocken, der über unserem Haupt schwebte. Oder wie das Ziehen eines Weisheitszahns: Es sollte endlich geschehen. Sollte es doch geschehen und Schluss damit.

Denn es war genug.

Denn wie lange konnte man so weitermachen?

Gleichwohl siegte mein Verantwortungsgefühl. Mein warm und kalt hatte ich nur in meinem Innern ausgesprochen, im Käfig meiner verschlossenen Lippen.

Der englische Offizier lud den Bücherberg, die Bücher, die auf seine Arme getürmt worden waren und ihm fast bis zum Kinn reichten, behutsam auf den Kaffeetisch. Er dankte Vater zwei Mal, entschuldigte sich wiederholt bei Mutter für Unannehmlichkeiten und Mühe, wies flüsternd den Soldaten zurecht, der mit seinem Finger eine der Karten berührt hatte. Beim Hinausgehen, schon vor der Tür, aber noch ehe sie wieder ins Schloss fiel, sah er mich an, und plötzlich blinzelte er mir zu, als ob er mir allein sagen wollte: Was soll man machen?

Und dann gingen sie.

Nach zwei Tagen wurde die generelle Ausgangssperre aufgehoben und es herrschte nur wieder nächtliches Ausgangsverbot. Man erzählte sich in unserem Stadtteil, dass bei Familie Witkin, Herrn Witkin von der Barcley's Bank, ein Revolvermagazin mit Kugeln gefunden worden war. Man wusste zu berichten, dass man ihn in Handschellen nach Migrasch Harussim abgeführt hatte. Das braune Paket verschwand nach ein, zwei Tagen aus der Reihe der Klassiker. Löste sich in Wohlgefallen auf. Unter den Büchern hinterließ es keine Lücke. Als wäre nichts gewesen. Wie ein Traum.

20

Ich habe schon von der verschlossenen Medikamentenschublade und von Mutters Aufgabe in der Untergrundorganisation erzählt. Wenn ich in den Nächten der Ausgangssperre von Schusssalven oder dem Knall einer Explosion erwachte, der grollte und die nächtliche Erde erbeben ließ, versuchte ich mitunter wach zu bleiben, auch nachdem wieder Ruhe eingekehrt war. Angespannt lag ich im Bett und wartete auf das Schlurfen schleichender Schritte auf dem Gehweg unter meinem Fenster, auf ein Kratzen an der Tür, Flüstern im Flur, ersticktes Stöhnen des Schmerzes zwischen zusammengebissenen Zähnen. Meine Pflicht war es, nicht zu wissen, wer der Verletzte war. Nichts zu sehen, nichts zu hören und nichts über die Ersatzmatratze zu mutmaßen, die in der Nacht auf dem Küchenboden ausgebreitet wurde und verschwinden würde, ehe der Tag begann.

Den ganzen Sommer lag ich auf der Lauer. Kein verletzter Kämpfer hat uns je aufgesucht.

Vier Tage vor Ende der Sommerferien, bevor ich in die siebte Klasse kam, fuhren Mutter und Vater nach Tel Aviv, um an einer Gedenkfeier für das Städtchen, aus dem sie stammten, teilzunehmen.

Mutter sagte: »Hör gut zu. Jardena hat sich bereit erklärt, bei uns zu übernachten und auf dich aufzupassen, da wir über Nacht in Tel Aviv bleiben. Benimm dich anständig. Mach ihr keinen Ärger. Und hilf ihr. Iss deinen Teller leer und vergiss nicht, dass es tote Kinder auf der Welt gibt, die nur von dem, was du auf deinem Teller übrig lässt, eine ganze Woche hätten leben können.«

In den Tiefen der Magengrube gab es einen Brunnen, von der Forschung unentdeckt, auf den das ganze Blut zustrebte, wenn es fluchtartig Kopf, Herz und Knie verließ, und dort, am Grund des Brunnens, verwandelte es sich in einen Ozean und ließ das Rauschen des Meeres hören.

Ich kratzte die Reste meiner Stimme zusammen und antwortete, während ich die Zeitung, die auf dem Tisch lag, zwei, vier, acht Mal faltete: »Geht in Ordnung. Fahrt ruhig.«

Mein Versuch, sie ein weiteres Mal zu knicken, blieb ohne Erfolg.

Die Frage, die ich mir bei der Arbeit an der Zeitung stellte, war, ob wohl die Wissenschaft einen Weg gefunden hatte, und wenn nicht, ob es mir selbst unter Umständen gelingen würde, innerhalb von ein, zwei Stunden ein System zu entwickeln, das es einem Individuum ermöglichte, für die Dauer eines Tages gänzlich vom Erdboden zu verschwinden, ohne die geringste Spur zu hinterlassen. Zu verglimmen. Sich in ein Nichts zu verwandeln. Indes nicht leer zu werden wie, sagen wir, das Vakuum zwischen den Sternen, sondern zu verschwinden und gleichzeitig weiter vorhanden zu sein, alles zu sehen und zu hören. Ich zu sein und gleichsam ein Schatten. Anwesend zu sein, ohne da zu sein.

Denn wie würde ich mich gegenüber Jardena benehmen? Wohin sollte ich mit der Schande? Und dann auch noch hier, in unserem Haus? Würde ich sie bitten, mir zu vergeben? Bevor oder nachdem ich mit Sicherheit wusste (und wie würde ich es herausfinden, ich Narr?), ob sie überhaupt aus dem Fenster gesehen und bemerkt hatte oder nicht, dass man sie auf der gegenüberliegenden Straßenseite vom Dach aus beobachtete? Und wenn sie es bemerkt hatte, hatte sie auch gesehen, wer der Neugierige war? Musste ich tatsächlich gestehen? Und wenn ja, wie konnte ich sie davon überzeugen, dass alles nur ein Zufall war? Dass ich zweifellos nichts gesehen hatte? Dass ich, mit allem Nachdruck, nicht der stadtbekannte Gaffer war, über den man munkelte und den man seit Monaten vergeblich zu fassen versuchte. Und wenn ich dort Ausschau gehalten hatte (nur ein einziges Mal und nur für ungefähr zehn Sekunden!), dann nicht, weil ich ihren Körper im Visier hatte, sondern die verhängnisvollen Pläne der britischen Herrschaft. Und dass es sich nur durch Zufall ergeben hatte. (Was hatte sich ergeben? Was hatte ich gesehen? Nichts. Einen dunklen Streifen, einen hellen Streifen, einen dunklen.) Oder sollte ich vielleicht eine Lüge auftischen? Was für eine Lüge? Und wie? Und was war mit den Gedanken, die ich seit damals über sie hegte?

Es war besser, den Mund zu halten.

Es war besser, wenn ich und auch sie, wenn wir beide versuchen würden, so zu tun, als sei nichts geschehen. So wie Vater und Mutter in der Sache mit dem Paket, das in der Zeit der Hausdurchsuchungen bei uns versteckt gewesen war, geschwiegen hatten, wie sie in vielen anderen Fragen in Schweigen verharrten: Schweigen, das an Bisse erinnerte.

Die Eltern brachen um drei Uhr auf, nicht ehe sie mir eine Reihe von Versprechungen abverlangt hatten, die sie auch erhielten: daran zu denken, Acht zu geben, nicht zu vergessen, aufzupassen, auf gar keinen Fall, vor allem und Gott behüte. Beim Hinausgehen sagten sie: »Der Eisschrank ist gut gefüllt, und vergiss nicht, ihr zu zeigen, wo sich alles befindet, sei nett zu ihr, hilf ihr und geh ihr nicht auf die Nerven. Vor allem, vergiss nicht auszurichten, dass das Sofa in unserem Zimmer schon für die Nacht für sie hergerichtet ist, und sag ihr, dass in der Küche ein Zettel für sie liegt und dass der Eisschrank voller leckerer Sachen ist und dass du vor zehn im Bett liegen sollst, und denk dran, das Haus mit beiden Schlüsseln abzusperren, und erinnere sie dran, die Lichter auszumachen.«

Ich war allein. Wartete. Hundert Mal ging ich von Zimmer zu Zimmer, um nachzusehen, ob alles aufgeräumt war und ob es etwas gab, das nicht hundertprozentig in Ordnung war. Ich hatte Angst und hoffte auch ein wenig, dass sie vielleicht ihr Versprechen vergessen hatte. Oder dass es ihr nicht gelang, vor Beginn der Ausgangssperre herzukommen und ich mir die ganze Nacht allein überlassen wäre. Schließlich holte ich Mutters Nähzeug aus dem Schrank und nähte mir einen Knopf ans Hemd, nicht weil er abgegangen war, sondern weil er nicht mehr ganz festhing und ich nicht wollte, dass er ausgerechnet dann abfiel, wenn Jardena hier war. Anschließend nahm ich die abgebrannten Zündhölzer, die wir in einer separaten Schachtel neben den unverbrauchten aufbewahrten und aus Sparsamkeitsgründen noch einmal verwendeten, um mit dem Feuer vom Primus den Petroleumkocher anzuzünden und umgekehrt. Ich versteckte die verbrannten Hölzer tief hinter den Gewürzen, denn ich fürchtete, Jardena könnte sie entdecken und uns für mittellos oder geizig halten oder für eine Familie, die nicht viel auf Sauberkeit gab.

Dann stand ich eine Weile vor dem großen Spiegel in der Innentür des Kleiderschranks, sog den leichten Dunst des Naphtalin-Geruchs ein, der seit eh und je den Schrank umwehte und mich stets an Winter erinnerte. Ich sah in den Spiegel und versuchte mit ganz und gar objektivem Blick, so wie Vater es forderte, ein für allemal herauszufinden, was man sah, wenn man mich anschaute:

Einen blassen Jungen sah man. Ein schmales, kantiges Kind, knochig, mit einem Gesicht, das sich von Sekunde zu Sekunde veränderte, und mit fahrigen Augen.

Sah so ein Verräter aus?

Oder ein Panther im Keller?

Es tat mir weh, dass Jardena schon fast erwachsen war.

Wäre es ihr nur möglich gewesen, mich näher kennen zu lernen, hätte sie vielleicht entdeckt, dass ich im Grunde bloß in der Schale eines geschwätzigen Kindes gefangen war, aber von innen spähte ...

Nein. Es war besser, hier innezuhalten, denn das Wort spähen brannte wie eine Ohrfeige. Die ich schon lange verdient hatte. Wenn es sich zufällig herausstellen sollte, dass es Jardena heute Abend genehm war, mir die verdiente Ohrfeige zu verpassen, würde ich mich vielleicht schlagartig besser fühlen. Hoffentlich hat sie es vergessen und kommt nicht, dachte ich, und ich wollte spicken, nicht spicken, mich aus dem Winkel des Toilettenfensters vergewissern, denn von dort sah man beinah bis zu der Ladenecke der Brüder Sinopski. Da ich nun schon mal das Badezimmer betreten hatte, beschloss ich, diesmal Gesicht und Hals nicht mit Vaters und meiner gewöhnlichen Seife zu waschen, sondern mit der wohlriechenden von Mutter. Außerdem benetzte ich mein Haar mit etwas Wasser, kämmte mich und schärfte den Seitenscheitel, wedelte mit der Zeitung über den Kopf, damit mein Haar rasch trocknete, denn was wäre, wenn Jardena genau in diesem Augenblick erschien und bemerkte, dass ich mir wegen ihr das Haar befeuchtet hatte. Ich schnitt mir auch ein wenig die Nägel, obgleich ich sie erst am Freitag bearbeitet hatte, mehr zur Sicherheit, was ich jedoch sogleich bereute, weil dabei Nägel herauskamen, die aussahen, als ob ich an ihnen nagte.

So wartete ich bis neun Minuten vor sieben, kurz vor Beginn der Sperrstunde.

Seit jenem Tag habe ich einige Male in meinem Leben Gelegenheit gehabt, auf eine Frau zu warten und mich zu fragen, ob sie wohl kommt oder nicht, und wenn sie käme, was wir unternehmen könnten und wie ich mich anstellen würde und was ich am besten sagen würde, aber kein Warten war so gnadenlos und herzzerreißend wie jenes, damals, als Jardena beinahe nicht gekommen wäre.

Ich habe geschrieben: »auf eine Frau zu warten«, denn Jardena war damals fast zwanzig und ich war zwölfeinviertel, was mit Müh und Not etwa zweiundsechzig Prozent ihres Alters entsprach, das hieß, dass es zwischen mir und ihr eine Kluft von achtunddreißig Prozent gab, so rechnete ich mit Bleistift auf einem der freien Kärtchen von Vaters Pultecke aus, als die Stunde sich der Sieben und der Ausgangssperre näherte und ich mir bereits einredete, dass das alles war, dass alles verloren war, dass Jardena mich vergessen hatte und zu Recht.

Meine Berechnungen ergaben: In zehn Jahren, wenn ich das Alter von zweiundzwanzigeinviertel erreicht haben würde und Jardena bereits dreißig wäre, wäre ich immer noch erst vierundsiebzig Prozent von ihr, was zweifellos besser war als die zweiundsechzig von jetzt, aber immer noch lächerlich. Im Lauf der Jahre würde sich der Abstand zwischen uns zwar verringern (in Prozenten), aber das Traurige war, dass die enger werdende Kluft sich immer langsamer verjüngen würde. Wie ein erschöpfter Marathonläufer. Drei Mal ging ich meine Berechnungen durch und drei Mal blieb es dabei, dass die Kluft mit sinkender Geschwindigkeit abnahm. Ungerecht und jeder Logik entbehrend erschien mir die Tatsache, die aus den Berechnungen hervorging, nämlich dass ich mich in den kommenden Jahren zwar ständig weiter nach vorn bewegen, mich ihr mehr und mehr in Sprüngen von zig Prozenten nähern würde, später – in den Jahren der Reife und des Alters – die Prozente zwischen ihr und mir sich allerdings nur noch im Schildkrötentempo verkleinern würden. Und weshalb? Und konnte die kleiner und kleiner werdende Differenz sich nicht gänzlich schließen? Niemals? (Die Naturgesetze. Na schön. Ich wusste es. Aber Mutter, als sie mir ihre Geschichte über den blauen Laden erzählte, hatte gesagt, dass im Altertum ganz andere Naturgesetze geherrscht hatten, schließlich hatte es Zeitalter gegeben, in denen die Welt noch flach gewesen war und Sonne und Sterne sie umkreist hatten. Nun war uns allein der Mond geblieben, der sich um uns drehte, und wer weiß, ob nicht auch dieses Gesetz eines Tages annulliert würde. Dem war zu entnehmen, dass die Änderungen meist zum Schlechten ausfielen und nicht zum Guten.)

Wenn Jardena hundert Jahre alt wäre, kam bei meinen Berechnungen heraus, würde ich zweiundneunzigeinviertel sein und der prozentuale Abstand zwischen uns beiden auf weniger als acht reduziert (nicht übel im Vergleich zu den achtunddreißig jenes Abends). Aber was nutzte einem verwirrten greisen Paar das Zusammenschrumpfen der Prozente, die sie trennten?

Ich verwarf den Gedanken und löschte die Schreibtischlampe, zerriss die Kärtchen mit den Rechenexemplaren, warf sie in die Klosettschüssel und ließ Wasser über sie rauschen, und weil ich sowieso wieder dort angelangt war, beschloss ich, mir die Zähne zu putzen. Während des Putzens fasste ich den Entschluss, mich zu verändern. Von diesem Moment an würde ich ein ruhiger, aufrichtiger, logischer, vor allem mutiger Mensch werden. Das bedeutete: Wenn auf die letzte Minute ein Wunder geschah und Jardena doch noch kam, obwohl die Ausgangssperre schon fast begonnen hatte, würde ich ihr unverzüglich gestehen, mit einfachen, ja nüchternen Worten, dass mir das, was auf dem Dach geschehen war, Leid tat und es nie wieder vorkommen würde. Niemals.

Aber wie?

Sie kam um fünf vor sieben. Brachte uns heiße Brötchen aus Angels Brotfabrik mit, wo sie angestellt war. Sie trug ein helles, leichtes Sommerkleid, ein Trägerkleid mit aufgedruckten Veilchen, das auf der Vorderseite von oben bis unten mit einer Reihe großer Knöpfe geschlossen wurde. Sie sahen aus wie geschliffene Flusskiesel, die ein Kind in einer Reihe angeordnet hat. Und sie sagte: »Ben Hur wollte nicht mitkommen. Er wollte mir nicht sagen, was zwischen euch vorgefallen ist. Was ist passiert, Profus? Habt ihr schon wieder gestritten?«

Mein ganzes Blut, das vor mir in den Magengrubenbrunnen desertiert war, schoss in einem glühenden Strahl zurück, überschwemmte mir Gesicht und Ohren. Sogar mein Blut richtete sich gegen mich, um mich vor Jardena bloßzustellen. Was stand dem Menschen näher als das eigene Blut? Und siehe da, auch das Blut war ein Verräter.

»Es ist nichts Persönliches, wir haben uns gespalten.«

Jardena sagte: »Aha, eine Spaltung. Profus, du klingst immer wie ›Die Stimme des kämpfenden Zion‹. Was ist mit deinen eigenen Worten? Hast du keine? Hast du noch nie welche gehabt?«

»Sieh mal«, sagte ich mit großer Ernsthaftigkeit.

Nach einer Weile sagte ich erneut:

»Sieh mal.«

»Da gibt es nicht viel zu sehen.«

»Was ich will, ist: Du sollst wissen, dass es dabei nicht nur um deinen Bruder geht, sondern um die prinzipielle Seite. . .«

»O. K. Ist schon in Ordnung. Die prinzipielle Seite. Wenn du willst, werden wir nachher eine Debatte über das Ausmaß der Spaltung des Untergrunds und die prinzipielle Seite führen. Aber nicht jetzt, Profus.« (Untergrund?! Was wusste sie über uns? Wer hatte gewagt, es ihr zu verraten? Oder hatte sie es glattweg erraten?) »Später. Ich sterbe vor Hunger. Komm, wir organisieren uns zuerst ein bombastisches Abendessen. Nicht einfach nur einen Gemüsesalat und saure Milch. Etwas viel Verwegeneres.« Sie durchforschte gründlich die Küche, spickte in Schränke und Schubladen, inspizierte Töpfe, Pfannen, nahm sich den Eisschrank vor, kontrollierte die Ecke mit den Gewürzen, überprüfte die beiden Petroleumkochstellen, dachte ein wenig nach, murmelte währenddessen unverständliche Silben, verschiedene Variationen von mmh und ach und aha, und in Gedanken versunken, wie ein Feldherr, der eine Kriegslist erdachte, wies sie mich an, unterdessen auf der steinernen Arbeitsplatte – nicht hier, sondern da – Gemüse, Tomaten, grüne Paprikaschoten, Zwiebeln, einen Haufen von etwa dieser Höhe, aufzutürmen. Sie selbst schob das Hackbrett auf die Küchentheke, zog das große Mordmesser aus der Schublade, stieß auf einen Topf mit Hühnersuppe, die Mutter uns im Eisschrank hinterlassen hatte und aus dem sie eine Tasse Brühe schöpfte. Dann sezierte sie das Huhn, stellte eine Pfanne aufs Feuer, goss Öl hinein, widmete sich dem Gemüse, das ich auf der Ecke der Arbeitsfläche für sie aufgehäuft hatte. Als das Öl zu sieden begann, ließ sie ein paar Knoblauchzehen darin schwitzen, briet die Hähnchenteile an, drehte und wendete sie, ließ sie weiterbrutzeln, bis sie braun wurden, und ihr Duft, der sich mit dem Aroma des Knoblauchs und des glühenden Öls vermischte, füllte meinen Mund mit Speichel und löste erregte Krämpfe in meinem Hals, meinem Rachen und in meinem Bauch aus.

Jardena sagte: »Wieso habt ihr keine Oliven im Haus? Nicht solche aus dem Glas, du Dummkopf, keine vegetarischen Oliven, weshalb habt ihr keine von der anrüchigen Sorte, die einen ein wenig beschwipsen? Wenn du solche Oliven findest, komm und bring sie mir. Dafür darf man mich sogar mitten in der Nacht aus dem Schlaf reißen.« (Und ich fand sie. Nach Jahren. Aber ich wagte nicht, sie ihr mitten in der Nacht zu bringen.)

Als sie entschied, dass die Hähnchenteile so braun gebrannt waren, wie es sich für sie ziemte, fischte sie sie aus der Pfanne, gab sie auf einen flachen Teller, wusch die Pfanne, trocknete sie ab und sagte: »Warte, Profus. Halt durch. Wir sind noch beim Vorwort. Deck inzwischen den Tisch.«

Sie brachte die Pfanne erneut auf das Feuer, goss frisches Öl hinein, in dem sie diesmal nicht das Hähnchen röstete (welches duftend, knoblauchdurchdrungen unserer harrte), sondern in das sie eine fein gehackte Zwiebel gleiten ließ, und während die Zwiebel unter meinem stieren, erwartungsvollen Blick golden und bräunlich wurde, streute sie Würfelchen von Tomaten und grüner Paprika darüber, die vordem auf dem Schneidebrett für sie bereitgelegen hatten, fügte fein gewiegte Petersilie hinzu, briet, rührte, sottete weiter, bis die Seele in Qualen der Sehnsucht und des Begehrens vor lauter Duftgenüssen zappelte und man meinte, sich einfach nicht länger zurückhalten zu können, nicht einen Augenblick, keine Sekunde und keinen Atemzug länger, aber Jardena lachte und sagte: »Nicht die Brötchen anfassen und auch sonst nichts, schade, wenn du dir den Appetit verdirbst, was ist los, wo brennt es, beherrsch dich!« Und sie legte die Hähnchenteile zu einem zweiten Schmoren in die Pfanne, wendete sie tüchtig im Öl, damit es bis auf die Knochen sickerte, und erst dann schüttete sie die Suppe über das Ganze. Und wartete, bis alles brodelte.

Siebenundsiebzig Jahre der Sehnsucht krochen dahin, mit peinigender Langsamkeit, bis keiner es hätte länger ertragen können, und auch dann noch länger, bis zur Verzweiflung, und noch weiter, bis zum Herzerbarmen, bis endlich ein wütendes, kochendes Zischen ausbrach und aus der Pfanne stechende, ölige Explosionen stoben. Jardena senkte die Flamme des Kochers, streute ein Quäntchen Salz, eine Prise gemahlenen schwarzen Pfeffer. Dann deckte sie einen Deckel über das Ganze, ließ jedoch einen Fluchtweg für die betörenden Dämpfe, die meine Bauchkammer mit der Pein lustvollen Zuckens zur Raserei brachten. Während die Brühe mehr und mehr verdampfte, fügte sie kleine quadratische Kartoffelwürfel und noch kleinere Würfelchen scharfer, roter Peperoni hinzu. Gnadenlos wartete sie, bis sich die Brühe ganz und gar verflüchtigt hatte und nur die Neige einer dickflüssigen, paradiesischen Soße hinterließ, in die sich die geschmorten Hähnchenteile hüllten, und es war, als ob ihnen Flügel wüchsen und sie mir zu Lobgesang und zum Ziel meiner Sehnsüchte wurden. Das ganze Haus bestaunte die durchdringenden Duftarmeen, die aus unserer Küche preschten und wie eine Horde glutvoller Meuterer alle Ecken der Wohnung überfielen, dergleichen hatte es seit dem Tag, an dem man es erbaut hatte, nicht gerochen.

Von der Lust erschlagen, ohnmächtig vor Erwartung, am ganzen Körper zitternd vor Appetit, und wieder und wieder den Speichel, der aus steigenden Quellen sprudelte, herunterschluckend, deckte ich für uns beide den Tisch, einer dem anderen gegenübersitzend, wie Mutter und Vater. Meinen Stuhl beschloss ich leer zu lassen. Während ich Messer und Gabeln auflegte, sah ich aus dem Augenwinkel Jardena, die mit dem Rührlöffel in der Hand die Hähnchenteile zum Tanzen brachte, auf dass sie nicht vergaßen, wer sie waren, und die kostete, würzte, hier einen Löffel, da noch ein Löffelchen über die Speise goss, welche magische Farbtöne von Bronze und dumpfem Gold übergestreift hatte. Jardenas Arme, Schultern, Taille, ja ihr ganzer Körper belebte sich dabei in dem von Mutters Schürze behüteten Trägerkleid zu einem leichten Tänzeln, als ob nicht sie allein die Hähnchenstücke rührte, sondern diese auch sie. Nachdem wir gesättigt waren, blieben wir weiter einander gegenübersitzen und pflückten süße Trauben von der Rispe, vernichteten etwa ein Viertel einer Wassermelone und tranken zusammen Kaffee, obwohl ich Jardena aufrichtigen, mutigen Herzens gestanden hatte, dass ich keinen Kaffee trinken durfte, erst recht nicht, auf gar keinen Fall abends vor dem Schlafengehen.

Jardena sagte: »Sie sind ja nicht da.«

Und sie sagte auch:

»Jetzt eine Zigarette. Nur ich. Du nicht. Such mir einen Aschenbecher.« Aber es war kein Aschenbecher da und es konnte auch gar keiner da sein, denn es herrschte bei uns striktes Rauchverbot. Niemals. Unter keinen Umständen. Selbst unseren Gästen war es nicht gestattet. Vater lehnte die Idee des Rauchens prinzipiell, von Grund auf ab. Er hielt auch an der eindeutigen, buchstäblichen Meinung fest, jeder Gast habe die Gesetze des Hauses zu respektieren wie ein Tourist in einem Land, das ihm nicht gehört. Diese Meinung stützte Vater auf ein Sprichwort, das er häufig wiederholte, ein Sprichwort, das sich mit der Frage beschäftigte, wie man sich in Rom zu verhalten hatte. (Viele Jahre später, als ich Rom zum ersten Mal in meinem Leben besuchte, stellte ich mit Erstaunen fest, wie viele Raucher es dort gab. Aber wenn Vater von Rom sprach, meinte er zumeist das römische Altertum und nicht das heutige Rom.)

Jardena rauchte zwei Zigaretten und trank zwei Tassen Kaffee (mir schenkte sie nur eine ein). Während sie rauchte, streckte sie ihre Beine aus und legte sie auf meinen Stuhl, der heute Abend frei war. Ich beschloss, dass es meine Pflicht war, unverzüglich aufzustehen, Sachen in den Eisschrank zu stellen, Geschirr abzuräumen und zu spülen. Nur den Müll konnte ich nicht nach draußen bringen, weil draußen Ausgangssperre herrschte.

Wer hat je eine Nacht mit einem Mädchen in einer Wohnung verbracht, in der es niemanden gab außer euch beiden, wenn draußen nächtliche Ausgangssperre herrscht, die Straßen wie ausgestorben sind und die ganze Stadt abgeriegelt ist? Wissend, dass keine Menschenseele kommen und stören kann? Während eine tiefe, breite Stille wie Dunst über der Nacht liegt?

Ich stand über den Spülstein gebeugt, kratzte mit dem Scheuerschwamm über den Boden der Pfanne, den Rücken Jardena zugewandt und die Seele genau in umgekehrter Richtung (den Rücken zu Spülstein und Pfanne und das ganze Streben auf Jardena gerichtet).

Und plötzlich sagte ich hastig, mit flatternden Augenlidern, wie beim Schlucken von Medizin: »Außerdem Entschuldigung für das, was damals passiert ist. Auf dem Dach. Es wird nie wieder vorkommen.«

Jardena sagte zu meinem Rücken: »Natürlich wird es wieder vorkommen. Und ob. Nur versuch das nächste Mal, dich weniger dämlich anzustellen als das letzte Mal.«

Eine Fliege saß auf einem Tassenrand. Wie gern hätte ich mit ihr getauscht.

Später, immer noch in der Küche (Jardena nutzte den Unterteller ihrer Kaffeetasse als Aschenbecher), bat sie mich, ihr zu erklären, aber in knappen Worten, worum es bei dem Streit mit ihrem Bruder eigentlich ging. Entschuldigung. Nicht bei dem Streit. Bei der Spaltung.

Ich hatte die Pflicht zu schweigen. Das Geheimnis zu wahren, und sei es unter Folter. Ich hatte schon viele Filme gesehen, in denen Frauen sehr starken Männern wie Gary Cooper beispielsweise oder gar Douglas Fairbanks Geheimnisse entlockten. Und im Bibelunterricht hatte Herr Gichon über seine Frau gespottet: Samson wurde gefressen, von einer bösen Frau gerissen. Ich hatte berechtigte Hoffnung, dass nach all den Filmen, in denen ich vor Zorn kochte über Männer, die dahinschmolzen und in die Ohren von Frauen zu plaudern begannen, worauf stets ein Unglück geschah, mir so etwas zweifellos nicht passieren würde. Und siehe da, in jener Nacht konnte auch ich mich nicht beherrschen: Als ob in mir ein zweiter Profus an die Oberfläche stieg, ein brausender, leichtsinniger, über die Ufer tretender, wie in der Bibel, wenn da stand, dass alle Brunnen der großen Tiefe aufbrachen, und dieser Profus begann ihr alles zu erzählen, und ich konnte ihn nicht zum Schweigen bringen, obgleich ich es mit aller Kraft versuchte und bettelte, dass er aufhören möge, aber er zuckte nur die Schultern und machte sich über mich lustig, schließlich wusste Jardena es bereits, schließlich hatte sie wortwörtlich »euer Untergrund« gesagt, Ben Hur ist der Verräter, und ich und du, wir beide sind frei.

Dieser innere Profus hielt vor Jardena nichts verborgen: der Untergrund. Die Spaltung. Die Rakete. Mutters Medikamentenschublade und Vaters Albion-Plakate. Das Paket. Die Verführung. Das Versuchtwerden. Und sogar die Affäre Sergeant Dunlop. Vielleicht war ich berauscht von irgendeiner Essenz oder Droge, mit der Jardena die gebratenen Hähnchenteile gewürzt hatte? Von ihrer Hexensoße? Oder benebelt von dem Kaffee, dessen Geschmack streng und stark war? Im »Panther im Keller« hatte man so den hinkenden Detektiv betäubt. (Aber er war nur eine Nebenfigur. Bei dem Helden selbst versuchten sie es ebenfalls, natürlich ohne Erfolg.)

Und wenn sie eine Doppelagentin war? Oder von Ben Hurs Sonderabteilung für Innere Sicherheit und Ermittlung auf mich angesetzt worden war? (Darauf antwortete mir in meinem Innern, spöttisch, der zweite Profus, der meinte: Na und? Was galt es schon an Heimlichkeiten zwischen Verräter und Verräterin zu bewahren?)

Jardena sagte: »Das ist nett.«

Und dann sagte sie: »Was das Besondere an dir ist, ist, dass man alles, was du erzählst, richtig vor Augen hat.«

Und sie berührte mich an der linken Schulter, in der Nähe des Oberarms, und sagte: »Mach dir nichts draus. Warte gelassen und schmeichle dich nicht bei ihm ein. Ben Hur wird bald zu dir zurückkehren müssen, denn ohne dich, denk doch mal nach, wer bleibt ihm dann noch, auf den er Macht ausüben könnte? Und kommandieren muss er. Er kann nachts nicht schlafen, wenn er nicht vorher ein wenig herumkommandiert hat. Das ist das Problem bei der Sache: Wer erst damit anfängt, kann es nicht mehr lassen. Mach dir keine Sorgen, Profus, denn du bist davor gefeit. Obwohl es recht ansteckend ist. Und außerdem ...«

Damit schwieg sie. Sie zündete sich noch eine Zigarette an und lächelte, nicht zu mir, sondern vielleicht zu sich selbst, eine Art Lächeln von Menschen, die in innere Belustigungen vertieft sind, ein Lächeln, das von seiner eigenen Existenz nichts wusste.

»Und außerdem was?«, wagte ich zu fragen.

»Nichts. Untergrundorganisationen und all das. Hilf mir, worüber haben wir gesprochen? Haben wir nicht von den Untergrundorganisationen gesprochen?«

Die richtige Antwort hätte lauten müssen: Nein. Denn vor ihrer Zigarettenpause sprachen wir über Herrschsucht. Und dennoch sagte ich:

»Ja. Über Untergrundorganisationen.«

Jardena sagte:

»Untergrundorganisationen. Vergiss die Untergrundorganisationen. Da ist es schon besser, wenn du weiter spickst, nur stell es klüger an als damals. Und es wäre noch besser für dich, Profus, anstatt zu spicken, zu lernen, wie man um etwas bittet. Wer weiß, wie man bittet, hat spicken nicht nötig. Das Problem ist, dass sie nur im Kino wissen, wie man es anstellt. Das gilt auf jeden Fall für dieses Land. Anstatt zu fragen, kriechen sie entweder vor dir auf allen vieren, üben Druck aus oder versuchen, dich zu belügen. Und das ganz zu schweigen von den Flegeln und Grapschern, die hier in der Mehrzahl sind. Aber du, vielleicht. Vielleicht später einmal. Das heißt, vielleicht wirst du eines Tages fragen können. Überhaupt ist diese Geschichte von Mädchen und Jungen und Liebe manchmal zum Verrücktwerden oder lebensgefährlich, wenn auch weniger als der Untergrund oder dies und jenes Erlösungsgeschwafel. Glaub nicht dem Kino. Im wahren Leben bitten die meisten Menschen zwar um dies und das, aber sie stellen es nicht richtig an. Später hört man damit auf und ist nur noch gekränkt oder tut anderen weh. Und dann fängt man an, sich daran zu gewöhnen, und wenn man erst richtig daran gewöhnt ist, ist schon keine Zeit mehr. Das Leben ist vorbei.«

»Soll ich dir ein Kissen bringen?«, fragte ich. »Mutter sitzt abends gern in der Küche mit einem Kissen zwischen Rücken und Stuhllehne.«

Sie war zwanzig Jahre alt, und immer noch hatte sie

die mädchenhafte Angewohnheit, den Saum ihres Kleides glatt zu ziehen, als ob ihr Knie ein Baby sei, das sie zudecken musste, immer wieder, sorgfältig, nicht zu wenig, damit es nicht fror, und auch nicht zu viel, dass ihm die Luft zum Atmen blieb.

»Mein Bruder«, sagte sie, »dein Freund, wird nie einen richtigen Freund haben. Und ganz bestimmt keine Freundin. Nur Untertanen. Das ja. Und Frauen. Frauen wird er in Hülle und Fülle haben, denn die Welt wimmelt von unglücklichen Frauen, die sich an Tyrannen hängen. Aber eine Freundin wird er nicht haben. Schenk mir ein Glas Wasser ein, Profus. Nicht aus dem Wasserhahn. Aus dem Eisschrank. Eigentlich bin ich gar nicht durstig. Aber du wirst jemanden finden und ich werde dir auch sagen, warum. Weil du dich bei allem, was man dir gibt, und wenn es nur ein Brötchen oder eine Serviette oder ein Löffel ist, so verhältst, als hätte man dir ein Geschenk gemacht. Als ob dir ein Wunder geschehen sei.«

Nicht in allem pflichtete ich ihr bei, aber ich beschloss, nicht zu diskutieren. Außer über einen Punkt in einer frühen Phase des Gesprächs, einen Punkt, den ich auf gar keinen Fall schweigend hinnehmen konnte:

»Aber Jardena, was du vorhin über die Untergrundorganisationen gesagt hast, die Briten werden uns das Land ohne den Untergrund niemals überlassen. Wir sind die Kämpfergeneration.«

Sie brach plötzlich in ein klirrendes Lachen aus, ein offenes, ein Lachen, das nur Mädchen haben, die ihre Rolle genießen. Sie versuchte, mit der Hand den

Rauch ihrer Zigarette zu verscheuchen, als ob er eine Fliege und kein Rauch wäre:

»Guten Morgen«, sagte sie. »Wieder ertönt aus dir die ›Stimme des kämpfenden Zion‹. Ihr seid überhaupt kein Untergrund, du und Ben Hur und wie heißt er noch, der dritte, der kleine Affe. Untergrund ist etwas ganz anderes. Etwas Grausames. Giftiges. Selbst wenn es vielleicht wirklich keine Wahl gibt und man den Untergrund tatsächlich braucht, ist und bleibt er etwas Giftiges. Und außerdem werden uns diese Briten womöglich eh bald den Rücken kehren und sich aus dem Staub machen. Nur hoffentlich werden wir es dann nicht bereuen, und hoffentlich wird es uns nicht bitter aufstoßen, wenn wir hier ohne sie zurückbleiben.«

Diese Worte schienen mir gefährlich und verantwortungslos. Etwa so wie die von Sergeant Dunlop, dass die Araber die schwache Seite seien und sich bald in die neuen Juden verwandeln würden. Worin bestand der Zusammenhang zwischen der Aussage Jardenas und seiner Meinung über die Araber? Es gab ihn offensichtlich nicht. Und dennoch. Ich war wütend auf mich selbst, weil ich nicht herausfand, was der Zusammenhang war, und auf Jardena, die Worte äußerte, die man nicht sagen sollte. Vielleicht war es meine Pflicht, ihre Gedanken einem verantwortungsbewussten Erwachsenen mitzuteilen? Vielleicht Vater? Zu warnen, damit die, die informiert zu sein hatten, Bescheid wüssten, dass Jardena ein wenig leichtsinnig war?

Auch wenn ich beschloss, ihre Worte weiterzusagen, durfte ich keinen Verdacht in ihr erregen.

Ich sagte: »Ich bin anderer Meinung. Wir müssen die Briten mit Gewalt aus dem Land vertreiben.«

»Das werden wir schon tun«, sagte Jardena, »aber nicht heute Abend. Sieh mal, wie spät es ist, fast schon Viertel vor elf, sag mal, hast du einen tiefen Schlaf?«

Merkwürdig und auch ein wenig verdächtig schien mir diese Frage. Ich beantwortete sie mit Bedacht: »Ja. Nein. Kommt drauf an.«

»Dann ist es heute Nacht wünschenswert, dass du tief und fest schläfst. Und wenn du zufällig aufwachst, darfst du das Licht anmachen und lesen, von mir aus bis morgen früh. Aber wag es nicht, dein Zimmer zu verlassen, denn genau um Mitternacht, bei Vollmond, verwandle ich mich in eine Wölfin oder besser gesagt in einen Vampir, und ich habe schon Hunderte von deiner Sorte verschlungen. Auf keinen Fall öffnest du in der Nacht die Tür. Versprich es.«

Ich versprach es. Mit meinem Ehrenwort. Aber mein Verdacht erhärtete sich. Ich beschloss zu versuchen, nicht einzuschlafen. Und ich dachte, dass es mir zweifellos nicht schwer fallen würde, wegen des Kaffees, den ich getrunken hatte, und des Rauchgestanks im ganzen Haus und wegen der Dinge, die Jardena über meine starke Seite geäußert hatte und wegen ein paar anderer Merkwürdigkeiten.

Im Flur, zwischen Waschen und Gute Nacht, streckte sie ihre Hand aus und berührte plötzlich meinen Kopf. Ihre Hand, die weder weich noch hart war, ganz und gar anders als die von Mutter, fuhr mir kurz über das Haar und sagte: »Hör gut zu, Profus. Dieser Sergeant, von dem du erzählt hast, er scheint ganz nett zu sein, vielleicht hat er auch zufällig eine Vorliebe für Kinder, aber ich glaube nicht, dass du in Gefahr bist, denn er ist ein beherrschter Mensch. Zumindest klingt es so nach deiner Beschreibung. Und übrigens, wenn man dich schon Profus nennt, was von Professor kommt, warum fängst du nicht an, ein Professor zu sein und kein Generalspion? Die Hälfte der Welt besteht aus Generalen. Du – nicht. Du bist ein Kind der Worte. Gute Nacht. Und lass dir sagen, was mich am meisten entzückt hat: dass du das ganze Geschirr gespült hast, ohne dass ich dich darum gebeten habe. Ben Hur spült nur auf Bestechung.«

21

Aber aus welchem Grund schloss ich in jener Nacht die Tür meines Zimmers von innen ab? Nun, nachdem bereits mehr als vierzig Jahre vergangen sind, weiß ich es immer noch nicht. Vielleicht noch weniger als in jener Nacht. (Es gibt verschiedene Arten und Stufen der Unwissenheit: wie bei einem Fenster, das nicht nur geschlossen oder offen sein kann, sondern auch halb offen, oder nur ein Flügel steht offen oder ist einen Spalt breit geöffnet; das auch geschlossen und verriegelt sein kann, mit einem Laden von außen und mit einem dichten Vorhang von innen, und das sogar vernagelt sein kann.)

Ich verriegelte die Tür und zog mich aus, fest entschlossen, nicht mal den Schatten eines Gedankens an Jardena zu verschwenden, die jenseits der Wand ruhte, sich wohl in diesem Augenblick auszog so wie ich, Stück für Stück die runden, glatten Knöpfe der Knopfleiste an der Vorderseite ihres leichten Trägerkleids öffnete, und ich beschloss, einfach nicht über diese Knöpfe nachzudenken, weder über die oberen, die nah bei ihrem Hals waren, noch über die tiefen in der Nähe ihrer Knie.

Ich knipste die Leselampe an und begann in einem

Buch zu blättern, aber das Konzentrieren fiel mir schwer. (»Anstatt zu spicken bitten.« Was wollte sie damit sagen? Und »Du bist ein Kind der Worte.« Wie war das möglich? Hatte sie tatsächlich übersehen, dass ich ein Panther im Keller war?)

Ich legte das Buch beiseite und löschte das Licht, denn es war fast Mitternacht, aber anstelle des Schlafs stellten sich Gedanken ein, und um die zum Schweigen zu bringen, knipste ich abermals die Lampe an und griff zu dem Buch. Das mir nicht half.

Jene Nacht war tief und weit. Nicht eine Grille setzte sich über die Ausgangssperre hinweg. Kein Schuss wurde abgefeuert. Ganz langsam wurden die U-Boote in meinem Buch zu U-Booten aus Nebelschwaden, trieben ruhig durch Nebelschleier. Das Meer war weich und warm. Ich war ein Bergjunge, der sich aus Nebelblöcken eine Hütte im Gebirge baute, als es an der Ecke der Hütte zu scharren begann, zu schaben, als ob ein Wal sich in niedrige Gewässer verirrt hatte und sich an den Sänden des Meeresgrundes rieb. Ich versuchte das Scheuern zur Ruhe zu bringen und wachte in einem Schscht-Laut auf, öffnete die Augen und erkannte, dass ich eingeschlafen war, ohne das Licht zu löschen, und dass das Rascheln aus dem Traum nicht aufhörte. Es dauerte fort, auch im Wachen.

Mit einem Ruck richtete ich mich auf, saß hellwach und argwöhnisch im Bett wie ein Räuber: kein Zappeln und kein Wal, sondern ein nächtliches Scharren, auf das ich den ganzen Sommer gewartet hatte. Ein ganz leichtes Schürfen, jedoch hastig, hartnäckig. Und es war ausdrücklich am Eingang. An der Tür. Unserer Tür. Ein verletzter Untergrundkämpfer, womöglich blutüberströmt. Wir mussten seine Wunden versorgen und ihn in der Küche auf die Ersatzmatratze legen, und kurz vor Morgengrauen musste er sich davonschleichen. Und Vater? Und Mutter? Schliefen sie? Hörten sie das hastige Kratzen an der Tür nicht? Sollte ich sie wecken? Oder selber die Tür öffnen? Sie waren ja nicht hier. Sie waren weggefahren. Jardena war da, der ich mein Ehrenwort gegeben hatte, mein Zimmer nicht zu verlassen. Es fiel mir ein, wie sie mir einst, als ich fast zehn Jahre alt war, eine Wunde gesäubert und verbunden hatte, und es mir Leid tat, dass das zweite Knie nicht auch verletzt war.

Barfüßige Schritte trippelten in leisem Laufschritt durch den Flur. Das Krächzen des Riegels und das Drehen des Schlüssels. Flüstern. Und wieder Dunst-Schritte. Tiefe, eilige Worte, diesmal aus Richtung Küche. Das Reiben eines Streichholzes an der Flanke der Streichholzschachtel. Ein knapper Strahl Leitungswasser. Weitere Geräusche, die von hier aus, von meinem Bett aus, nicht leicht zu unterscheiden waren. Dann wieder vollkommene, samtene Stille. Alles nur ein Traum? Oder im Gegenteil, vielleicht war es meine Pflicht aufzustehen, das Versprechen, das ich gegeben hatte, zu brechen, hinauszugehen und nachzusehen, was sich zutrug?

Stille.

Nebelschritte.

Und auf einmal das Getöse des Wasserfalls in der

Toilette. Und danach unsichtbare Rinnsale, das Fließen des Wassers, das immer tiefer von den Rohren in der Wand aufgesogen wurde. Und wieder dumpfe Stimmen und nackte Schritte, die an meiner Zimmertür vorübergingen, das war zweifellos Jardena, die ihrem Verwundeten »Warte einen Moment, schweig, warte« zuflüsterte. Dann ein Knarren aus dem Zimmer der Eltern jenseits der Wand: ein verrücktes Möbelstück? Eine Schublade? Und auf einmal ein gehuschtes Lachen, vielleicht auch ein Schluchzen, wie unter Wasser.

Wenn ich selbst ein verwundeter Untergrundkämpfer wäre, dem man auf den Fersen war, würde ich auch die Kraft aufbringen zu lachen wie dieser Verletzte, dem man seine Wunde säuberte, mit einer brennenden Flüssigkeit ausbrannte und mit einem straffen Verband umwickelte?

Ich fürchtete, nein. Und während ich mit meinen Befürchtungen beschäftigt war, verwandelte sich das Lachen hinter der Wand in ein Stöhnen, und eine Minute später stöhnte auch Jardena plötzlich. Und wieder Rascheln und Geflüster, dann Stille. Nach einer Menge Dunkelheit setzten von weit her Schüsse ein, einzelne Schüsse, abgehackt, als ob auch sie müde seien. Vielleicht war ich eingeschlafen.

22

Denn das Wesen des Verrats besteht nicht darin, dass der Verräter plötzlich aus dem dichten Kreis der Ergebenen und Getreuen ausbricht. Nur ein oberflächlicher Verräter wird so handeln. Der tiefe Verräter, der innere, ist derjenige, der der Mitte am nächsten steht. Im Herzstück: derjenige, der der Ähnlichste ist, der am tiefsten verwickelt ist, der am meisten dazugehört. Der, der allen anderen am ehesten gleichkommt, sie gar übertrifft. Der, der die, die er verrät, tatsächlich liebt, denn wenn er sie nicht lieben würde, wie könnte er sie dann verraten? (Ich gebe zu, dass das eine komplizierte Angelegenheit ist, die in eine andere Geschichte gehört. Ein wirklich ordnungsliebender Mensch hätte diese Zeilen nun ausradiert oder sie einer passenden Geschichte zugeordnet. Und dennoch werde ich nicht auf sie verzichten. Wem es gefällt, der überspringe sie.)

Jener Sommer ging zur Neige. Am Anfang des Monats September kamen wir in die siebte Klasse. Es begann die Ära der leeren Fässer, aus denen wir versuchten, ein Untererdboot zu bauen, das die Kraft hatte, sich grenzenlos in den Tiefen des Lava-Meers unter der Erdkruste zu bewegen und von dort überraschend zuzuschlagen, aus dem Untergrund ganze Städte zu zerstören, unter ihren Fundamenten. Ben Hur wurde zum Kommandanten des U-Boots gewählt und ich war wie immer sein Stellvertreter, Hauptplaner und -stratege sowie Verantwortlicher für die Navigation. Chita Resnik, der Rüstungsoffizier, sammelte Dutzende Meter gebrauchten Kabels, Spulen, Batterien, Schalter und Isolierbänder. Unser Plan war es, mit unserem U-Boot unter den Königspalast von London, der Hauptstadt der Briten, zu tauchen. Chita hatte das zusätzliche Vorhaben privater Natur, mit Hilfe des U-Boots seine beiden Väter, die sich alle zwei, drei Wochen bei seiner Mutter abwechselten – der eine kam und der andere ging –, gefangen zu nehmen und sie auf eine einsame Insel zu verbannen. Seine Mutter liebte und verehrte er und wollte, dass man sie in Ruhe ließ, denn in ihrer Jugend war sie eine ruhmreiche Sängerin an der Oper der Stadt Budapest gewesen, und nun litt sie an Herzbeschwerden. (Auf ihrer Häuserwand stand mit roter Farbe: »Chita, deine Alte ist nicht dicht, einer reicht ihr nicht.« Chita hatte versucht, die Aufschrift mit einem Nagel abzukratzen, scheuerte sie mit Seife, schmierte Farbe darüber, umsonst.) In den Bibelstunden lehrte uns Serubbabel Gichon, wie die bestialischen Babylonier Jerusalem und unseren Tempel erobert und zerstört hatten. Auch diesmal beleidigte er seine Frau, scherzte in der Klasse und sagte, wenn Frau Gichon in jenen Tagen in Jerusalem gelebt hätte, hätten die Babylonier die Flucht ergriffen und nur das nackte Leben davongebracht, und er erklärte uns bei der Gelegenheit auch den Bibelspruch »das nackte Leben davonbringen«.

Mutter sagte: »Wir haben ein Waisenkind bei uns. Henriette ist ihr Name. Sie ist fünf oder sechs. Voller Sommersprossen. Auf einmal hat sie angefangen, mich Mutter zu nennen, nicht auf Hebräisch, sondern auf Jiddisch, Mame, und erzählt dort allen, ich sei ihre wirkliche Mutter, und mir fällt die Entscheidung schwer, wie ich reagieren soll: Soll ich ihr sagen, dass ich nicht ihre Mutter bin, dass es ihre Mutter nicht mehr gibt? Aber wie kann ich ihre Mutter ein zweites Mal ums Leben bringen? Oder soll ich überhaupt nicht reagieren? Abwarten, dass es vorübergeht? Obwohl alle Kinder neidisch sind?«

Vater sagte: »Das ist schwierig. Aus moralischer Sicht. So oder so wird Leid entstehen. Und mein Buch: Wer wird es lesen? Alle sind längst tot.«

Ich fand Sergeant Dunlop nicht im Café Orient Palace. Nach den Feiertagen suchte ich ihn wieder, drei Mal, und wieder fand ich ihn nicht. Auch nicht als der Herbst ins Land ging und tiefe Wolken über Jerusalem zogen, um uns in Erinnerung zu rufen, dass die Welt nicht nur aus Sommer, U-Booten und Untergrund bestand.

Ich dachte: Durch ein verzweigtes Netz von Denunziationen und Doppelagenten hat er womöglich erfahren, dass ich ihn verraten habe. Dass ich Jardena von ihm berichtet habe, die es in jener Nacht ihrem verwundeten Kämpfer weitererzählte, der unverzüglich den Untergrund benachrichtigte, der ihn vielleicht längst entführt hat. Oder umgekehrt: Die britische Mandatspolizei hat unsere Treffen beobachtet und Sergeant Dunlop unter der Anschuldigung des Verrats verhaftet, möglicherweise wurde er wegen mir für immer und ewig aus seinem geliebten Jerusalem vertrieben und zum Dienst in die letzten Winkel des Imperiums verbannt, nach Neu-Kaledonien, Guinea, vielleicht Uganda, Tanganjika?

Was war mir geblieben? Nur ein kleines Bibelbüchlein in Hebräisch und Englisch, das ich von ihm als Geschenk erhalten hatte und das bis heute in meinem Besitz ist: eine Bibel, die man auf keinen Fall mit in die Schule bringen durfte, denn sie enthielt das Neue Testament, von dem Herr Gichon gesagt hatte, dass es ein Buch gegen unser Volk sei (aber ich hatte darin gelesen und stieß dort, unter anderem, auf die Geschichte von Judas dem Verräter).

Und warum habe ich Sergeant Dunlop keinen Brief geschrieben? Erstens, er hatte mir keine Adresse hinterlassen. Zweitens befürchtete ich, wenn er von mir einen Brief erhielt, würde er noch tiefer in die Sache verwickelt, was dazu führen musste, dass man seine Strafe verschärfte. Und drittens, was sollte ich ihm schreiben?

Und er? Warum schrieb er mir nicht? Weil er nicht konnte. Schließlich war ich nicht einmal bereit gewesen, ihm meinen Namen zu verraten (»Ich bin Profus«, hatte ich ihm gesagt, »Jude aus Erez Israel.« Und das war zweifellos eine unzureichende Adresse in den Augen der Post.)

Wo auf der Welt bist du, Steven Dunlop, schüchterner Feind? Hast du in Singapur oder Sansibar einen anderen Freund statt meiner gefunden? Nicht einen Freund, sondern einen Lehrer und Schüler. Und auch das ist nicht die richtige Formulierung. Wie muss sie lauten? Was war zwischen uns beiden? Bis heute habe ich keine richtige Antwort darauf. Und was von den Hausaufgaben, die ich dir aufgegeben hatte, weißt du noch heute?

Ich ächze, wie ich ächzen kann.

Ich habe ein, zwei Bekannte, die in England leben, in der Stadt Canterbury. Vor zehn Jahren habe ich ihnen einen Brief geschrieben und darum gebeten, sich für ihn zu interessieren.

Vergeblich.

Eines Tages werde ich mich aufmachen, werde eine kleine Tasche packen und persönlich nach Canterbury fahren. Ich werde in alten Telefonbüchern nachsehen. Werde die Kirchenregister überprüfen. Werde in den Archiven der Stadtverwaltung stöbern. Polizist Nummer vier vier sieben neun. Steven Dunlop, asthmatisch, geschwätzig, ein Goliath aus rosa Zuckerwatte. Ein einsamer, zärtlicher Feind. Glaubt an Prophezeiungen. Glaubt an Zeichen und Wunder. Wenn ein Wunder geschehen sollte, Steven, und dieses Buch irgendwie in deine Hände gelangt, bitte schreib mir ein paar Worte. Schick mir wenigstens eine Ansichtskarte. Zwei, drei Zeilen, in Hebräisch oder Englisch, wie es dir gefällt.

23

Im Monat September wurden abermals Hausdurchsuchungen durchgeführt. Es kam zu Verhaftungen und Ausgangssperren. In Chitas Haus fanden sie den Hebel einer Handgranate und einer seiner Väter wurde zum Verhör in die Büros der Mandatspolizei gebracht (der zweite tauchte am selben Abend auf). Serubbabel Gichon prangerte im Unterricht wiederum die Babylonier an und zweifelte, ob der Prophet Jeremias sich wahrhaftig ausgedrückt hatte, wie es sich für einen Propheten in den Tagen des Krieges und der Belagerung geziemte: Laut Herrn Gichon war es die Pflicht des Propheten, wenn der Feind vor den Toren stand, die Moral des Volkes zu heben, seine Reihen zu vereinen und seinen Zorn hinaus über die Köpfe des Feindes zu ergießen und nicht nach innen über die Köpfe seiner Brüder. Insbesondere sollte kein Prophet, der die Bezeichnung verdiente, das Königshaus und die Helden des eigenen Volkes beleidigen. Aber der Prophet Jeremia war ein verbitterter Mensch und wir mussten versuchen, ihn zu verstehen und ihm zu vergeben.

Mehrere Wochen lang beherbergte Mutter in unserer Wohnung zwei eingewanderte Waisenkinder. Ihre Namen waren Hirsch und Oleg, aber Vater bestimmte, dass sie fortan Zwi und Eyal waren. Wir breiteten die Ersatzmatratze auf dem Fußboden meines Zimmers aus. Sie waren acht oder neun Jahre alt, so genau wussten sie es selber nicht, und wir hielten sie irrtümlich für Brüder, denn beider Nachname war Berin (den Vater in Bar-On änderte). Aber es stellte sich heraus, dass sie weder Brüder noch Verwandte, sondern Feinde waren. Obgleich ihr Hass schweigsam verlief, ohne Anwendung von Gewalt und sogar ganz ohne Worte: Des Hebräischen waren sie nicht mächtig, und es schien, dass sie auch von keiner anderen Sprache viel beherrschten. Ihrem Hass zum Trotz pflegten sie nachts auf ihrer Matratze eng umschlungen einzuschlafen wie zwei Tierjunge. Ich versuchte, ihnen Hebräisch beizubringen und umgekehrt von ihnen etwas zu lernen, wovon ich nicht wusste, was es war, und das ich mir bis heute nicht erklären kann, aber ich war sicher, dass es um eine Sache ging, die die beiden Waisen tausend Mal besser beherrschten als ich und die Mehrzahl der Erwachsenen. Nach den Feiertagen wurden sie mit einem Lieferwagen in ein Pionierkinderdorf gebracht. Vater gab den beiden unseren ausgedienten Koffer, Mutter packte Kleidungsstücke hinein, aus denen ich herausgewachsen war, mit der Bitte, die Sachen zu teilen, ohne zu streiten, und sie strich ihnen über die Stoppeln ihrer Haare, die aus Angst vor Läusen kurz geschoren waren. Als beide in der hintersten Ecke des Lieferwagens eng aneinander geschmiegt saßen, sagte Vater zu ihnen: »Ein neuer Abschnitt eures Lebens beginnt.«

Und Mutter sagte: »Kommt uns besuchen. Man kann immer eine Matratze ausbreiten.«

Ja: Ich habe meinen Eltern von Jardena erzählt. Mir blieb keine andere Wahl. Ich meine, über die Nacht, in der sie zu der Gedenkfeier nach Tel Aviv fuhren und sie in ihrem Zimmer schlief und nach Mitternacht ein Verletzter bei uns auftauchte, dem Jardena die Wunden verband und der sich davonmachte, ehe der Tag anbrach. Ich hatte alles gehört, aber nichts gesehen.

Vater sagte: »O du mein See Genezareth, bist du Wirklichkeit oder ein Traum?«

Und ich entrüstet: »Ich habe nicht geträumt. Es ist tatsächlich so gewesen. Es war ein Verwundeter hier. Tut mir Leid, dass ich euch davon erzählt habe, denn ihr kennt nur Spott und Hohn.«

Mutter sagte: »Der Junge sagt die Wahrheit.« Und Vater: »Tatsächlich? Wenn das so ist, müssen wir die junge Dame zur Rede stellen.«

Mutter sagte: »Im Grunde geht uns das gar nichts an.« Und Vater: »Aber es handelt sich dabei zweifellos um einen Vertrauensbruch ihrerseits.«

Mutter sagte: »Jardena ist kein Kind mehr.« Und Vater: »Aber der Junge ist noch ein Kind. Und das in unserem Bett, mit wer weiß welchem Leichtfuß. Auf jeden Fall werden du und ich diese Sache bei Gelegenheit unter vier Augen klären. Was Unsere Exzellenz anbelangt«, sagte er, »so wird er schleunigst in sein Zimmer fliegen und seine Hausaufgaben machen.« (Dies war eine Ungerechtigkeit, denn Vater wusste sehr wohl, dass ich die Hausaufgaben gleich wenn ich aus der Schule kam, erledigte, zweifellos, als Erstes, manchmal schon bevor ich das Eisschrankgericht, das sie mir hinterlassen hatten, verspeiste.) Aber ich hatte diese ungerechte Behandlung verdient, weil vielleicht auch ich ein Unrecht begangen hatte, als ich ihnen von Jardena und dem Verwundeten erzählt hatte. Auf der anderen Seite, wie hätte ich es für mich behalten können? Hatte ich damit nicht eine Pflicht erfüllt? Und auf der dritten Seite. Und viertens. Alles was ich preisgab und nicht hätte verraten dürfen und alles was ich verraten sollte und nicht verriet. Also ging ich in mein Zimmer, und auch diesmal schloss ich die Tür von innen ab, war nicht bereit, sie zu öffnen, und antwortete ihnen kaum bis zum nächsten Morgen. Auch nicht als sie mich riefen. Auch nicht als sie mit Strafe drohten. Auch nicht als sie sich wirklich Sorgen machten (sie taten mir ein bisschen Leid, aber ich überwand mein Mitleid). Auch nicht als Vater zu Mutter hinter der Tür sagte, wobei er mit Absicht lauter sprach: »Macht nichts. Nicht schlimm. Es wird ihm nicht schaden, ein wenig in der Dunkelheit mit sich ins Gericht zu gehen.« (Und damit hatte er Recht.)

An jenem Abend, allein in meinem Zimmer, hungrig, aber stolz und verbittert, dachte ich in etwa Folgendes: Schließlich gibt es auf der Welt noch mehr Geheimnisse als die Befreiung der Heimat und Untergrund und Engländer. Hirsch und Oleg zum Beispiel, für die ein Lieferwagen gekommen war, der sie von hier wegbrachte, damit sie Pioniere würden, waren sie vielleicht doch Brüder, die sich, aus irgendeiner Berechnung heraus, verstellten und als Fremde oder Feinde auftraten? Oder umgekehrt, waren sie zwei Fremde, die sich bisweilen als Brüder gaben? Man muss beobachten und schweigen. Jede Sache wirft eine Art Schatten. Vielleicht hat auch der Schatten einen Schatten.

24

Weniger als ein Jahr nach jenem Sommer verließen die Engländer das Land. Der hebräische Staat wurde gegründet, und in der Nacht seiner Entstehung wurde er von allen Seiten durch eine Invasion arabischer Armeen überfallen, aber er kämpfte, siegte und hat seit damals immer wieder gesiegt. Mutter, die einmal als Krankenschwester im Hadassa-Krankenhaus gearbeitet hatte, pflegte Verwundete in der Sammelstation bei »Schibolet«. In den Nächten schickte man sie los, um die Familien der Gefallenen zu benachrichtigen, zusammen mit Magda Gripius. Zwischen den Verwundeten und den Toten lebte Mutter in dem Heim, um ihre Waisen zu betreuen. Dort schlief sie zwei, drei Stunden pro Tag auf einem Feldbett im Schuppen. Nach Hause kam sie so gut wie nie. In den Monaten des Krieges wurde Mutter zur Raucherin, und seit damals pflegte sie verbissen, mit einer Grimasse, als ob ihr die Zigaretten tiefen Abscheu verursachten, zu rauchen. Vater fuhr fort, Aufrufe zu verfassen, von nun an schrieb er Tagesbefehle und lernte auch im Schnellverfahren, wie man Granatwerfer bediente: Er stellte seine Brille ein wenig schräg, reckte die Brillenbügel in die Luft und neigte somit ihre Linsen in leichtem Winkel nach unten. Verantwortungsbewusst, logisch denkend und gewissenhaft, pflegte er eine Handgranate aus Heimproduktion auseinander zu nehmen, zu ölen und erneut zusammenzubauen, während er jeder Schraube so viel Sorgfalt angedeihen ließ, als ginge es darum, seiner Forschungsarbeit eine Fußnote von besonderer Gewichtigkeit hinzuzufügen. Und ich, Ben Hur und Chita, wir füllten Hunderte von Sandsäcken, halfen beim Graben von Tunneln, überbrachten in gebeugtem Lauf Nachrichten von Stellung zu Stellung, in den Tagen, in denen Jerusalem unter Belagerung und heftigem Beschuss aus den Kanonen des Königreichs östlich des Jordans stand. Eine der Granaten fällte einen halben Olivenbaum und köpfte den jüngeren der Brüder Sinopski, während beide unter dem Baum saßen und Sardellen verspeisten. Nach dem Krieg zog der Ältere nach Afula und der Laden ging, in Sozietät, an die beiden Väter von Chita über.

Ich erinnere mich an die Nacht Ende November, in der man im Radio bekannt gab, dass die UNO in Amerika, an einem Ort namens Lake Success beschloss, uns die Erlaubnis zur Gründung eines hebräischen Staates zu erteilen, wenn auch eines sehr kleinen Staates, in drei Blöcke geteilt. Um ein Uhr nachts kehrte Vater aus dem Haus von Doktor Buster zurück, wo sich alle versammelt hatten, um zu hören, was das Radio über die Ergebnisse der Abstimmung in der UNO verkündete. Er beugte sich über mich und streichelte mit seiner warmen Hand mein Gesicht: »Steh auf. Wach auf. Nicht schlafen.«

Mit diesen Worten hob er meine Decke hoch, kam und legte sich in voller Montur zu mir ins Bett (er war immer sehr streng und es war bei uns zweifellos absolut tabu, in Straßenkleidern in ein Bett zu steigen). Er lag ein paar Minuten schweigend da, streichelte weiter meinen Kopf, und ich wagte es nicht einmal, Atem zu holen, da begann er plötzlich, über Dinge zu sprechen, die man in unserem Haus nie erwähnte, über die zu sprechen verboten war, Dinge von denen ich stets wusste, dass man nicht nach ihnen fragen durfte und Schluss. Nicht ihn und nicht Mutter und überhaupt, es gab bei uns etliche Sachen, bei denen galt, je weniger Fragen man drüber stellte, desto besser und aus. Er erzählte mir mit einer Stimme der Dunkelheit, wie es war, als er und Mutter zwei Nachbarskinder in einer polnischen Kleinstadt gewesen waren. Wie sie von Halbstarken, die im Hof wohnten, gequält wurden. Wie man mörderische Schläge austeilte, weil alle Juden reich, faul und hinterlistig waren. Und wie man ihm einmal die Kleider vom Leib zog, in der Klasse, im Gymnasium, mit Gewalt und vor den Augen der Mädchen, vor den Augen von Mutter, um ihn wegen seiner Beschneidung zu verspotten. Und sein Vater, das heißt Großvater, einer der Großväter, denen Hitler später das Leben nahm, war in einem Anzug und einer Seidenkrawatte gekommen, um sich beim Direktor zu beschweren, aber als er aus dem Büro kam, schnappten ihn die Schüler und zogen auch ihm gewaltsam in der Klasse vor den Augen der Mädchen die Kleider vom Leib. Und immer noch mit der Stimme der Dunkelheit sagte Vater mir: »Aber von nun an wird es einen hebräischen Staat geben.«

Und auf einmal umarmte er mich, nicht zärtlich, sondern fast wild. Im Dunkeln stieß meine Hand an seine Stirn, die hohe, und anstelle der Brille trafen meine Finger auf Tränen. Niemals habe ich meinen Vater weinen sehen, nicht vor jener Nacht und nicht danach. Und eigentlich sah auch damals nicht ich ihn – nur meine linke Hand.

25

Das ist unsere Geschichte: Sie kam aus der Dunkelheit, drehte sich ein bisschen im Kreis, ging dahin und kehrte in die Dunkelheit zurück. Hinterließ eine Erinnerung, in der Schmerz, ein bisschen Lachen, Reue und Staunen sich miteinander mischen. Die Öldroschke kam jeden Morgen bei uns vorbei, der Händler saß auf seinem Bock, die Zügel locker, klingelte mit der Handglocke und sang seinem alten Pferd auf Jiddisch eine Art fortwährendes Lied. Der Laufbursche aus dem Laden der Brüder Sinopski hatte einen merkwürdigen Kater, der ihm auf Schritt und Tritt folgte, sich nicht trennen wollte. Herr Lazarus, der Schneider aus Berlin, ein nickender, blinzelnder Mensch, pflegte den Kopf zu schütteln, als weigere er sich, seinen Augen zu trauen, wer hatte je von einem treuen Kater gehört? Und er sagte: Vielleicht ist es ein Geist. Die ledige Ärztin Magda Gripius verliebte sich in einen armenischen Dichter und folgte ihm nach Zypern, in eine Stadt mit Namen Famagusta. Nach ein paar Jahren kehrte sie zurück und brachte eine Querflöte mit und manchmal wachte ich auf in der Nacht und hörte eine Art inneres Geflüster: Vergiss es niemals, schließlich ist es das, was zählt, schließlich ist alles andere nur ein Schatten.

Und was ist die andere Seite von dem, was tatsächlich geschah?

Meine Mutter pflegte zu sagen: Die andere Seite von dem, was war, ist das, was nicht gewesen ist.

Und Vater: Die andere Seite von dem, was war, ist das, was noch werden wird.

Einmal, als wir uns zufällig in einem kleinen Fischrestaurant in Tiberias, am Ufer des Sees Genezareth trafen, vierzehn Jahre später, fragte ich Jardena. Anstatt mir zu antworten, brach sie in ein Lichtlachen aus, ein Lachen, das nur Mädchen beherrschen, die gern Mädchen sind und ziemlich genau wissen, was möglich ist und was bereits verloren, zündete sich eine Zigarette an und antwortete: Das Gegenteil von dem, was war, ist das, was hätte sein können, wenn es die Lügen und die Angst nicht gäbe.

Ihre Worte brachten mich zum Ende jenes Sommers zurück, zu ihren Klarinettenklängen; zu Chitas beiden Vätern, die auch nach dem Tod seiner Mutter weiterhin dort wohnten; zu Herrn Lazarus, der Hühner auf dem Dach züchtete und nach ein paar Jahren den Entschluss fasste, noch einmal zu heiraten, sich zu diesem Zweck einen dreiteiligen Anzug in dunkelblauer Farbe nähte und uns alle zu einer vegetarischen Mahlzeit einlud, sich jedoch am Abend, nach dem Baldachin und dem Mahl, erhob und vom Dach sprang; zu dem Polizisten Nummer vier vier sieben neun, dem Panther im Keller, Ben Hur und der Rakete, die wir nicht nach London schickten; und auch zu jenem blauen Laden, der vielleicht bis heute mit dem

Strom schwimmt, auf seiner verworrenen Reise zurück zur Mehlmühle treibt. Wo lag der Zusammenhang? Schwer zu sagen. Und die Geschichte selbst? Habe ich wahrhaftig mit dem, was ich erzählt habe, alle verraten? Oder umgekehrt, wenn ich geschwiegen hätte, hätte ich sie dann verraten?

1994–1995

Zu den politischen Hintergründen im Roman

Es ist 1947/48. Immer mehr Juden kommen nach Palästina und erheben Anspruch auf die ihnen von der britischen Regierung in der Balfour-Deklaration vom 2. November 1917 versprochene nationale Heimstatt in Erez Israel, dem Heiligen Land. Warum ausgerechnet in Palästina? Hier im Sinai lagen die Reiche Juda und Israel, auf die die Geschichte der Juden zurückführt. Und hier ist das Land, das Gott den Israeliten in der Bibel verheißen hat. Doch die Juden sind weit über die Welt verstreut. Sie besitzen seit der Zeit um Christi Geburt keinen eigenen Nationalstaat mehr. In Palästina leben vornehmlich Araber. Erst die Balfour-Deklaration räumt auch den Juden wieder die Aussicht auf einen eigenen Staat in Palästina ein. Aber Palästina steht ab 1920, nach dem Zusammenbruch des Osmanischen Reichs der Türken, unter britischem Mandat. So hat es der Völkerbund beschlossen. Und die Engländer gelten den Juden als araberfreundlich, nicht zuletzt nachdem sie den östlich des Jordan-Flusses gelegenen Teil Palästinas 1923 als Transjordanien (ab 1950: Jordanien) der arabischen Dynastie der Haschimiten unterstellen und damit mehr oder weniger den 1917 im Unklaren gelassenen Verlauf der Westgrenze des arabischen Staats zu seinem künftigen jüdischen Nachbarn präjudizieren. Das verschärft einerseits die Feindschaft der Juden zu den Arabern, denen ohnehin nichts an der Errichtung eines jüdischen Staats in dem von ihnen beanspruchten Palästina liegt. 1929 kommt es deshalb zu den ersten blutigen Auseinandersetzungen. Aber nicht nur die Araber erscheinen den Juden als Feind ihrer nationalen Ziele. Natürlich bildet sich auch und erst recht gegen die Briten, die als Besatzungsmacht empfunden werden, massiver Widerstand. Als aber am 14. Mai 1948 das Mandat der Briten in Palästina erlischt und die britischen Schutztruppen abziehen, jubeln die Juden und rufen sofort den unabhängigen Staat Israel aus, was jedoch gleich in den Palästinakrieg (1948/49) mündet. Bis heute gibt es noch immer keinen umfassenden Friedensvertrag, der die nationalen Rechte von Israelis und Arabern in Palästina regelt. Doch die Ereignisse im vorliegenden Roman enden mit dem Abzug der Briten aus Palästina.